기억을 파는 가게

기억을 파는 가게

2014년 5월 27일 1판 1쇄 펴냄
2018년 12월 19일 1판 10쇄 펴냄

지은이 이하
펴낸이 윤한룡
편집 한지혜
디자인 윤려하
영업·관리 박수정

펴낸곳 (주)실천문학
등록 10-1221호(1995.10.26)
주소 서울특별시 중랑구 상봉로 110, 1102호
전화 322-2161~5
팩스 322-2166
홈페이지 www.silcheon.com

ISBN 978-89-392-0714-1 03810

이 도서의 국립중앙도서관 출판시도서목록(CIP)은 e-CIP홈페이지(http://www.nl.go.kr/ecip)와
국가자료공동목록시스템(http://www.nl.go.kr/kolisnet)에서 이용하실 수 있습니다.
(CIP제어번호:CIP2014014958)

기억을 파는 가게

이하 지음

실천문학사

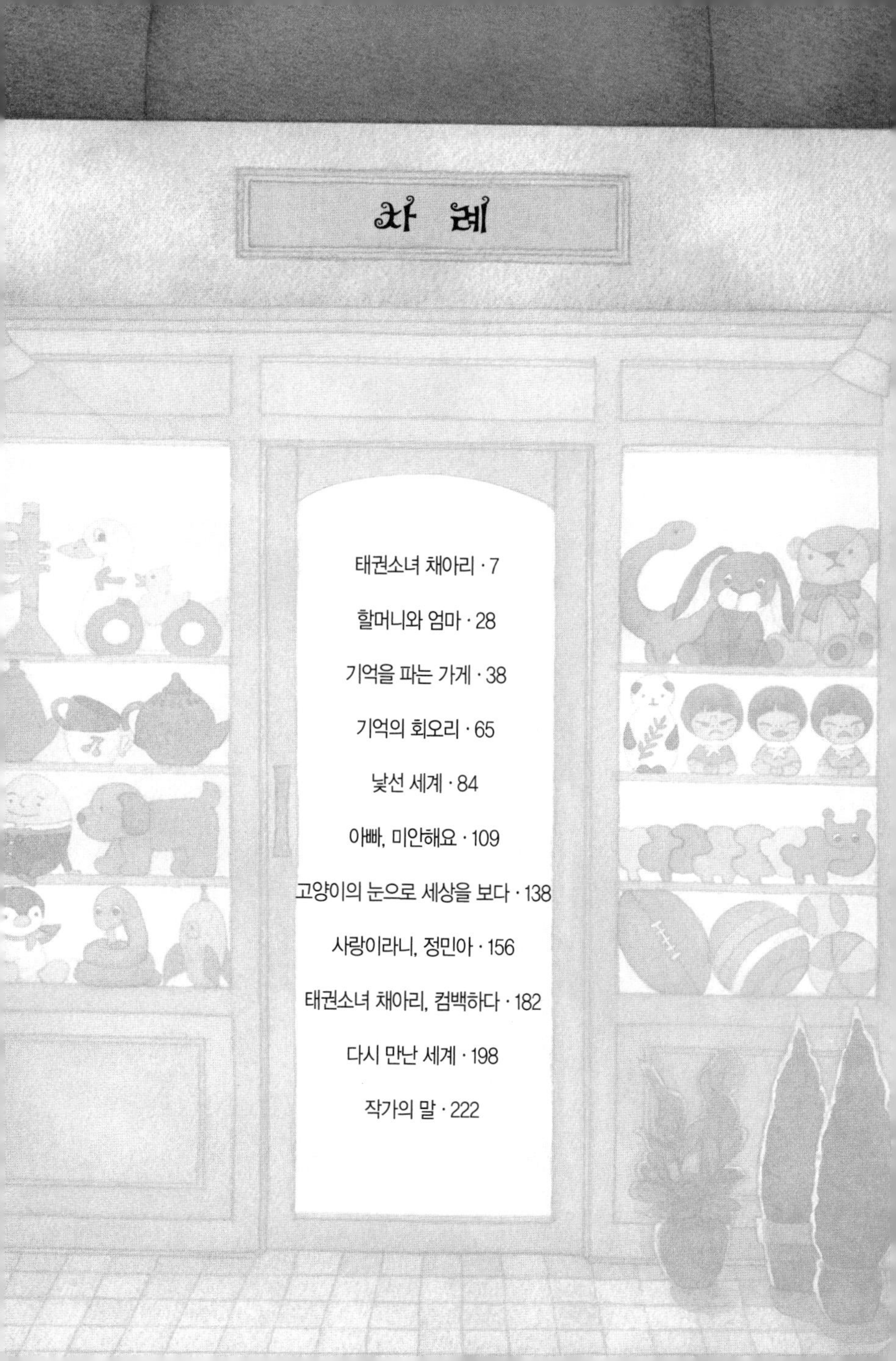

차 례

태권소녀 채아리

팔십 개나 되는 집 앞 계단을 거의 다 내려왔을 즈음 빗발이 톡톡 내 정수리를 두드리기 시작했다. 재수도 옴팡지게 없다. 아쉬운 대로 책가방을 뒤져 머리에 얹을 만한 것을 찾았으나 교과서와 공책밖엔 없다.

아차차. 보온 도시락! 어째 두 손이 심심하다 했다. 다시 집으로 돌아갈까 하다가 그만 주저앉는다. 땀이 비 오듯 흘러내리고 비는 땀처럼 축축하다. 이번엔 두 손이 끈적끈적하다. 가방을 들추니 책이란 책은 서로 눅눅하고, 주름졌다. 슬슬 풍겨오는 달큰한 냄새. 옆구리 터진 요쿠르트 병 하나가 책 틈새에 끼어 있었다. 엄마가 일 나가기 전에 넣어둔 게 분명하다.

"오늘 네 아버지 기일이니까, 일찍 들어오고……."

대꾸도 하는 둥 마는 둥 하고 뛰쳐나왔는데 밖에서도 엄마의 잔소리처럼 요쿠르트가 터지다니. 요쿠르트 색깔이 옅어서 보이지 않았을까? 병에 남은 요쿠르트를 한 입에 털어 넣는다.

"컥."

사레까지 걸릴 건 또 뭐람. 토악질하듯 땅바닥에 기침을 해댄다. 지나가던 초등학생 하나가 다가와 작은 손으로 내 등을 두드린다. 노란 장화에 노란 비옷이 꼭 만화책에서 방금 튀어나온 짱구 같다.

"됐어 인마."

한쪽 입꼬리를 올려 썩은 미소를 날려준다. 짱구는 흠칫 놀라 뒷걸음질 치더니 이내 돌아서서 달리기 시작한다. 행여 누가 쫓아올까 봐 달리면서도 자꾸 뒤를 돌아본다.

'뭐지? 뭘 봤기에 저렇게 도망가지?'

갑자기 내가 무슨 괴물처럼 느껴진다. 기분 참 거시기하다. 무엇이든 간에 비에 몽땅 씻겨 내려가 버려라.

"문자 왔숑~"

휴대폰에서 문자음이 울려댄다. 보나마나 진이가 보냈겠지. 학교에 먼저 도착해 정민이의 일거수일투족을 내게 알리는 것이리라.

이제 막 도착한 정민이가 머리에 맺힌 빗물을 터는 중. 창가 뒷자리에 앉자마자 먼 산을 하염없이 바라 봄. 창문 틈으로 새어 들어온 바람이 정민이 볼을 간질이는 중. 아악, 바람 따위 용서 못 해! 어쩜 저리도 멋있을까.

뭐 대충 이런 문자일 게다.

빗물과 빗물은 사람과 세상 사이에 투명한 발을 쳐주는 것 같다. 그럴 때면 난 걸음을 멈추고 바라본다. 도로 위의 차들, 인도의 리어카들, 사람들, 벽을 타고 넘는 덩굴손들, 아등바등 틈을 밀고 나가는 땅속의 이름 모를 벌레들.

"어이!"

어디선가 어눌한 목소리가 들려온다. 음성이 작아 성별을 구분하기도 힘들다.

"어떤 자식이야?"

기세등등 돌아보니 서른 번째 계단에서 누군가 진초록 우산으로 하반신을 가린 채 나를 힐끗거린다.

'뭐지?'

녀석이 우산을 치우고 슬쩍 옆으로 돌아서자 뭔가가 보인다. '정말 뭐지?' 계단 하나를 밟고 올라서자 녀석도 뒤로 한 계단 올라선다. 녀석의 벗은 아랫도리에서 그 무언가가 덜렁거린다.

"아악!"

앞이 캄캄하고 숨이 턱 막힌다. 속이 메스껍고 다리에 힘이 빠진다. 알 수 없는 분노가 치솟았으나 그보다는 수치스럽고 두려운 감정이 앞선다.

혹시 짱구가 달아난 게 이 녀석 때문이었나? 개자식. 모른 척하고 뒤돌아 도망가려 했으나 마침내 분노가 공포를 넘어선다.

'너 한번 죽어 봐라.'

한 번에 두 계단씩 뛰어오른다. 금세 열 계단쯤 올라서자 녀석은 급하게 바지춤을 추스른다.

"내가 보인단 말이야?"

녀석은 믿을 수 없다는 투로 중얼거리더니, 내가 스무 계단쯤 올랐을 때 위로 내빼기 시작한다. 벌써부터 종아리가 후들거리는 게 보인다. 열 계단을 채 오르기도 전에 녀석은 구두 끝이 돌계단에 걸려 고꾸라진다. 한달음에 튀어 올라 녀석의 머리채를 확 틀어잡자 녀석이 다급하게 말한다.

"으윽, 내가 보이는 줄 몰랐어. 투명인간이 된 줄 알았거든……."

'투명인간이라고?'

정신 나간 놈이 틀림없다.

한순간, 돌변하여 달려들면 어쩌나 하는 생각이 들었으나 녀석은 이내 쥐며느리처럼 웅크린 채 꿈쩍도 하지 않는다. 깍지 낀 두 손으로 뒷목을 잡아당기고는 무릎 사이에 얼굴을 파묻는다.

"흑, 미안. 진짜 미안……."

목소리는 귀에 익지만 당최 상판을 알아볼 수가 없다. 꼭 입으로 자신의 거시기를 물려고 발악하는 모양새다. 태권도장에서 샌드백을 치듯 걷어차면 그대로 훌라후프처럼 계단 밑으로 굴러 내려갈 것 같다.

사진으로 찍어 두려고 휴대폰을 열자 진이가 보낸 포토메일이 와 있다.

긴급 속보야. 상희 고 계집애가 글쎄, 아리 너보다 먼저 고백했어!

'뭐라고? 나만의 정민이한테 상희가 선수를 쳤다고?'

갑자기 머리가 핑 돈다. 미리 설정해둔 실로폰 소리와 함께 진이가 보낸 사진이 액정에 뜬다.

키가 장대만 한 정민이와 쌈공주 상희가 서로 마주보며 함빡 웃는 사진이었다.

"헐!"

계단을 오르내리며 단련시킨 다리가 빗물에 산화되어 녹아내리는 것만 같다. 계단도 따라서 이지러진다. 무슨 일이 벌어졌는지도 잊은 채 계단에 주저앉는다.

이때 내 눈치를 보던 녀석이 줄달음친다. 하지만 지금은 녀석의 존재 따위는 더 이상 눈에 들어오지 않는다.

점점 굵어지는 빗발을 바라본다. 이 연놈을 갈기갈기 다 찢어발기고만 싶다. 이럴 때는 주먹지르기나 이단, 삼단 콤보 발차기도 소용없다. 거추장스러운 교복이고 뭐고 다 가위질 한 뒤, 물어뜯을 수 있는 곳엔 몽땅 이빨 자국을 내고 싶다.

아홉시를 훌쩍 넘겨 교실 복도에 들어섰다. 어떻게 학교까지 왔는지 기억나지 않는다.

흰 고무줄로 대충 묶은 머리카락은 옆구리 터진 샌드백처럼 산발이 되었다. 책가방은 끝내 제 안에 담긴 내용물들을 사수하지 못하고 통째로 젖었다. 서로 안 친한 교과서들도 이번만큼은 한데 엉겨 붙었다.

한참 늦어서 고개를 숙인 채 교실 뒷문을 여는데 아무런 인기척이 없다. 담임의 호통 소리도 들리지 않는다. 용기를 내어 고개를 든다. 교실 안을 둘러보니 대부분의 아이들이 엎어져 잔다.

'이게 어떻게 된 일이지?'

1교시 국어 시간이 지나도 한참 지났는데 담당인 담임이 담력도 세지, 여태껏 교실에 안 들어와? 아이들과 담을 쌓았나? 학교 담을 넘고 있나?

창가 쪽 1분단 맨 뒷자리를 살핀다. 역시나 정민이는 보이지 않는다. 지금쯤 태권도복을 차려입고 체육관에서 한참 시합 준비를 하고 있을 터였다. 체조 선수가 리본을 부리듯 긴 다리를 자유자재로 후리면서 여자애들의 넋을 쏙 빼놓고 있겠지.

나는 이번 시합에서 빠지기로 했다. 이래봬도 지난번 서울 평화기 태권도 대회에서 페더급 은메달을 따준 몸이다. 하지만 보름 전, 집 앞 계단을 뛰어내려 구른 탓에 왼쪽 무릎이 좋지 않았다.

엄마는 한때 보험설계사로 일했던 경험을 들먹이며 나를 입원시키려고 했다.

"하루만 누워 있어도 5만 원은 나온다니까. 내가 아는 병원에서는 입원도 오래 할 수 있어."

"엄마는 나까지 보험사기단 만들려고 그래? 그런 일은 호저씨랑 꾸미라고!"

호저씨는 민호 아저씨를 줄인 말로, 얼굴은 만화 캐릭터인 호빵맨을 닮았고 몸매는 곰돌이 푸우 같은 엄마의 남자친구다. 꼴에 여행 작가랍시고 사진기를 들고 싸돌아다닐 때가 많다. 남는 시간엔 엄마의 전 보험고객들을 관리한다. 불만을 품은 고객들이 계약을 해지하면 그간 받았던 인센티브까지 토해내야 한다나. 호저씨와 나의 거리는 제주도와 이스터 섬쯤? 아니다. 같은 섬인 것도 싫다.

내 몰골이 심상치 않았는지 진이가 다가와 책가방을 들어준다. 그것도 모자라 손수건을 꺼내 이마에서 콧등까지 콕콕 닦는다. 진이 키는 내 앉은 키와 엇비슷하지만 마음만은 나보다 훌쩍 큰, 오지랖 넓은 엄마 같다.

"푸르뎅뎅한 것이 볼때기가 왜 그래? 뭔 일 있었어?"

"나 봤어."

"뭘?"

"그거 있잖아. 바바리 펼치고 거시기."

"바바리맨?"

"응."

진이는 두 손을 꽃봉오리처럼 모아 두 볼에 받치고는 작정한 듯 비명을 질렀다. 그런데 그 모습이 짐승돌 가수를 볼 때 지르는 소리와 다를 바 없다.

"딱 마주친 거?"

"응."

"그 담엔?"

"달려가서 확 걷어차려다가……."

"어디를?"

진이는 아예 노골적으로 관심을 보인다.

"어디긴 어디야, 낭심이지."

"낭심?"

"체육관에서 쓰는 말이야."

"밖에선 뭐라 그러는데?"

"알면서 뭘 물어. 나 지금 제정신 아니거든?"

"미안, 그래서 더 정신 차리라고."

진이는 내 팔목을 제 손에 올려놓더니 맥을 짚는 시늉까지 한다.

"생김새는 어때?"

나는 상희가 앉은 쪽을 힐끔거린다. 상희는 시체 놀이하듯 책상에 엎어져 움직이지 않는다. 저 계집애도 정민이에게 관심이 있었던 거구나. 비를 맞아 그런지 몸이 으스스하고 턱이 덜덜 떨렸다.

"기억이 잘 안 나."

진이는 주위에 엎드려 자는 아이들까지 흔들어 깨운다.

"야야, 일어나. 너네 이러고 있을 때가 아냐."

호들갑 중에 호들갑. 내가 천방지축이라면 진이는 만방지축이 딱일 것이다. 진이는 본적도 없는 남자의 표정을 따라하며 아이들의 시선을 끌었다.

"글쎄, 아리가 아침에 바바리맨을 봤대."

"정말? 바바리맨이 우리 학교까지 진출한 거야?"

"그런가 봐, 어떤 놈팡이인지 죽여놓고 싶네."

여자애들은 저마다 못 믿겠다는 투로 목소리를 높인다. 남자애들도 진이의 퍼포먼스에 점점 빠져들기 시작한다. 퍼포먼스라는 말을 쓴 것은 진이가 아이들의 얘기에 일일이 대꾸하며 바바리를 열어젖히는 시늉까지 했기 때문이다.

진이는 여섯 살 때 처음 봤던 바바리맨부터 최근에 본 바바리맨 사건까지 줄줄이 늘어놓으며 이 사건이 얼마나 심각한지를 아이들에게 설명한다. 내가 바바리맨을 때려잡았다는 식의 과장까지 덧붙여서 말이다.

그때 갑자기 교무 주임인 백인섭 선생님이 희끗한 머리카락을 휘날리며 들어왔다. 투명 망토를 열어젖혔던 진이가 급히 옷매무새를 추스르고는 제자리로 돌아간다.

교무 주임이 넓은 미간을 찌푸리며 말한다. 그럴 때면 정확히 눈썹 사이에 골이 두 개가 생긴다. 만화가가 그렸을 법한 눈썹처럼 말이다. 띄엄띄엄 돋은 흰 털만 아니면 영락없는 일자 눈썹이다.

그러니 인상 좀 그만 쓰시라고, 이번 만우절 때 반 아이들이 작은 소동을 벌인 적이 있었다. 저마다 교복상의를 거꾸로 입고 몽땅 뒤돌아 앉았다. 그리고 뒤통수에 흰 반창고를 일자 눈썹처럼 붙였다. 반 아이들은 백인섭 선생님을 놀리려는 생각에 쉬는 시간 내내 여기저기서 킥킥댔다. 나중에 반창고를 떼어낼 걱정은 하지도 않고 말이다.

하지만 교무 주임은 국사교과서를 겨드랑이에 낀 채로 아무런 기척도 내지 않았다. 웃지도 않고 화내지도 않았다. 그저 아무 일 없는 듯이 칠판에 글을 써가며 병자호란에 대한 설명을 이어갔다. 마무리 멘트로 역사적 사실에 대해 약간의 논평을 끝내고 수업종이 울리자마자 표표히 나갔다. 아이들이 뒤통수로 하는 인사도 태연히 받아주고 말이다.

"인섭이 미친 거 아냐?"

상희를 비롯한 몇몇 아이들은 속이 답답했는지 가슴을 두드렸다. 한바탕 웃음이 터질 것을 고대했던 반 아이들도 적잖이 실망한 듯 투덜댔다. 아무 말 없이 교무 주임의 수업을 뒤통수로 듣는 건 고역이었다.

"아악, 내 머리!"

문제는 그때부터였다. 모두들 머리에 붙인 반창고를 까맣게 잊고 있었다. 반창고와 머리카락은 그 새 피딱지와 생채기처럼 끈끈하게 눌어붙었다. 푸념은 비명으로, 얄미움이 분노와 증오로 바뀌는 순간이었다. 그것은 일종의 두려움이자, '앞으로 교무 주임과 소통할 수 없겠구나' 하는 체념이기도 했다.

교무 주임이 김밥을 쏙 빼먹고 내버린 은박지처럼 쪼그라든 미간을 비비며 말했다.

"송장인 선생이 아프다는구나."

반장 한솔이가 뿔테 안경을 밀어 올리며 묻는다.

"무슨 일이 생기셨나요?"

"잘은 모르겠다. 송장인 선생님 오기 전까지는 내가 직접 조회할 테니 그리 알도록."

아이들은 기뻐하기는커녕 야유를 보낸다. 교무 주임의 종례 시간은 잡다한 설교 시간이기 때문이다. 집에 가야 할 시간이 사오십 분 늦어지는 셈이고, 그것은 곧 수업을 한 시간 더 듣는 거나 마찬가지다.

나는 야속하기보다도 담임이 걱정되었다. 한창 결혼 준비로 무리를 해서 어디 탈이라도 난 것일까? 그래도 송장인 선생님은 내가 체육관에 가는 시간을 꼬박꼬박 챙겼고 때때로 수업 시간에 늦어도 눈감아 주었다.

어쨌든 당분간은 체육관 핑계를 대며 종례 시간 전에 미리 빠져나와야겠다.

드디어 올 것이 왔다. 점심시간에 쌈공주 상희가 나를 학교 뒷산으로 부른 것이다. 비겁하게 제 패거리인 쑥과 썬을 데리고서 말이다.

상희는 얼굴만 반반했지, 폭주족과 어울린다는 애기도 있고 아버지가 교도소에 있다는 소문도 돌아서 아이들이 무서워했다. 하지만 소문은 소문일 뿐이다. 제깟 것이 그래 봤자 일반

인이지.

"바로 왔네. 무섭긴 무서운가보지?"

상희가 버드나무 밑에서 풀잎을 질겅이며 말한다. 쑥과 썬이 뒤에 섰다.

"무섭긴 개뿔. 나 체육관 가봐야 해."

심드렁하게 대꾸했지만 쑥과 썬은 좀 걱정이다. 쑥과 썬은 복도 쪽 3분단 맨 뒤쪽에 같이 앉는 쌍둥이 자매인데 합기도 부원이라 쌍절곤도 다룰 줄 안다. 싸우는 모습을 본 적은 없지만 누군가는 그 쌍절곤이 쑥과 썬의 팔뚝 자체라고도 했고, 정강이에 가깝다고도 했다.

상희가 입을 열었다.

"실은, 내가 오늘 정민이에게 고백을 했거든."

"알고 있어."

"알고 있다고? 진이가 말했나보군……."

상희가 깔깔거리며 웃는다.

'그래, 오늘 날 잘 잡았다. 나도 너희들 한 번은 손봐주고 싶었거든?'

나도 모르게 주먹을 불끈 쥔다.

"근데 어쩌라고?"

"알면서 묻니? 내가 먼저 찜했으니 적당히 물러서줘야겠어."

"왜?"

"아리 너도 정민이 좋아하잖아."

"뭐라고?"

'아뿔싸. 그걸 저 계집애가 어떻게 알았지? 설마 정민이가 말했나? 정민이도 아직 모를 텐데. 진이가 말했을 리는 없고…….'

상희가 내 앞으로 바짝 다가선다. 눈높이는 같지만 바나나 우유병 몸매인 나와 달리 상희는 잘록한 허리 라인의 소유자다. 나는 괜히 주눅이 든다.

"네가 정민이랑 훈련할 때 보면 교실에서는 한 번도 본 적 없는 표정이 나오거든. 체육관 2층 관중석에서 정민이가 운동하는 모습을 보면서 너도 지켜봤지."

"나를?"

"네가 정민이를 바라볼 때 눈빛 말이야."

"별 걸 다 살피는구나."

"여자라면 그 표정이 담고 있는 의미를 단박에 알 수 있어."

상희에게 모든 걸 들킨 것 같아 얼굴이 화끈거렸다. 이대로 뒤돌아서 멀리 도망치고 싶다. 하지만 뒷모습을 보이면 안 된다. 말아 쥔 주먹에 힘을 주자 손바닥이 따갑다. 손톱을 깎을 때가 되었나 보다.

"네가 뭘 안다고. 그저 같이 운동하는 친구일 뿐이야."

"됐고, 이것 좀 볼래?"

상희가 정민이와 나란히 찍은 휴대폰 사진을 보여주었을 때 나는 다리가 풀려 주저앉고 말았다.

상희는 팔짱을 낀 채 나를 한심한 듯 내려다보며 말했다.

"이미 난 정민이랑 사귀기로 했거든. 그러니까 제발 빠져줄래?"

상희는 할 말이 더 이상 없는지 휙 돌아서 언덕을 내려갔다. 쑥과 썬도 헤죽거리며 상희 뒤를 따랐다. 이대로 달려가서 상희를 붙들고 싶었지만 꼼짝할 수가 없었다. 차가운 매트에 누군가가 메다 꽂은 것처럼 온몸이 부르르 떨렸다. 목소리도 나오지 않았다.

'에잇, 모르겠다!'

나는 그대로 벌러덩 드러눕는다. 눈을 감자 몸이 붕 떠오르는 것 같다. 시간이 얼마나 지났을까. 콧잔등 위로 불개미들이 열을 지어 지나간다.

'아아, 정말 모든 게 개미지옥이다.'

"누구, 정민이랑 겨루기 할 사람?"

방과 후 훈련 시간, 모여 앉은 태권도부 아이들에게 방 감독님이 묻는다. 누구도 선불리 나서지 못한다.

"저요!"

내가 번쩍 손을 들자 정민이가 함빡 웃는다. 짜식, 웃기는. 너 오늘 한번 죽어봐라.

홍색 몸통 보호대를 두르고 헤드기어를 쓴다. 팔다리 보호대도 모자라 손발등 보호대까지 단단히 착용한다.

"오, 채아리 장난 아닌데?"

정민이가 헤드기어를 옆구리에 낀 채 다가와 말한다.

"넌 기저귀나 차시지, 거시기 보호하려면."

"샅보대까지? 무서운데."

정민이가 엄살을 피우며 울상을 짓는다. 그런 정민이를 똑바로 올려다보며 마우스피스까지 세차게 씹어 문다.

방 감독님이 호루라기를 불자마자 오른발로 돌려차기를 날려 정민이의 뺨을 후린다. 손으로는 뺨을 때릴 수 없으니 이거라도 받아라! 방심한 정민이가 내가 날린 돌려차기를 그대로 맞았다.

"앗싸!"

"홍, 1점!"

방 감독님이 점수를 외친다. 나도 모르게 두 주먹을 불끈 쥔다. 정민이의 얼굴이 발갛게 달아오른다. 얼얼한지 볼을 부비며 눈을 끔벅거리기까지 한다.

다시 호루라기 소리가 울린다. 이번에는 이단 옆차기다. 백

스텝으로 정민이를 유인한 뒤 준비 동작도 없이 뛰어올라 오른 다리를 쭉 뻗는다. 정민이는 용케도 날라차기를 피하더니 슬쩍 내 귀에 대고 속삭인다.

"아리, 너. 나한테 화난 거 있어?"

"아니!"

"살기가 장난 아닌데?"

"아니라니깐!"

두 주먹을 뻗어 녀석의 가슴팍을 연타한다. 별다른 힘이 실리진 않았지만 정민이가 두세 걸음 물러선다.

뿔뿔이 흩어져 연습하던 태권도 부원들이 우르르 모여들었다. 간만에 제대로 된 겨루기를 본다며 신이 난 얼굴이었다. 우리 학교 남자부 킹과 여자부 퀸의 살기등등한 승부니까 볼만은 하겠지만 그래도 게임이 될까? 하지만 난 이미 변신 중이다.

"너 안 봐줄 거야."

내 옆차기를 살짝 피하며 정민이가 윙크를 한다. 그대로 발차기를 피해 지나치는가 싶더니 뛰어서 뒤차기를 날린다. 내 호구에 정확히 날아드는 발의 옆 날.

"청, 1점!"

방 감독님이 얼굴의 반을 덮은 텁석나룻을 쓰다듬으며 웃는다.

"이제 시작이구나. 아리야."

"얼마든지."

정민이는 이제 발동이 걸렸는지 날아다니기 시작한다. 왼발로 돌려차기를 하는가 싶더니 홱 돌아서서 뒤차기를 날린다. 또 오른발 옆차기를 하려다가는 바로 서서 내려찍기를 한다.

"청, 다시 1점!"

열이 바짝 오른 나도 오락게임에 나오는 캐릭터처럼 앞 후리기를 연타로 날린다. 얄미운 정민이가 요리조리 빠져나간다. 무리를 했는지 무릎이 다시 아파온다.

"악!"

아파서 뒤로 주춤하는데 정민이가 오른발로 돌려차기를 날린다. 발등에 쇳덩이를 얹은 것 같다. 나도 모르게 눈을 질끈 감는다. 헤드기어를 했어도 저 돌려차기를 맞으면 진짜 아플 것만 같다. 그런데 어랏? 정민이의 오른발이 내 머리 위로 쓱 지나간다.

"지금 여자라고 봐주는 거야?"

치켜뜬 눈으로 정민이를 노려본다. 정민이는 두 팔을 휘저으며 아니라고 너스레를 떤다. 나는 그 꼴이 더 보기 싫어 재빨리 정민이의 가랑이 사이에 앞차기를 날린다. 정민이가 그대로 바지춤을 쥐고 꼬꾸라진다.

"채아리, 경고!"

방 감독님이 껌뻑 놀라 정민이에게 달려간다. 낭심을 부여잡고 주저앉은 정민이가 물음표를 가득 담은 얼굴로 날 올려다본다. 그런 정민이의 눈길을 피한 채 돌아나온다. 매미 허물 벗듯 호구를 벗어던지고 마우스피스를 바닥에 팽개친다.

"야, 채아리!"

방 감독님이 소리쳐 불렀지만 뒤돌아보지 않는다. 걸음은 점차 빨라져 이내 달리기 시작한다.

'싫다, 싫어. 진절머리가 난다. 이까짓 학교 다녀서 뭐하나.'

그런데 어디서 뜨거운 비가 내리지? 조각구름 한 점 없는 하늘 복판에서 주홍색 햇살이 내게 앞차기, 옆차기, 돌려차기를 날려준다.

그렁그렁, 햇살에 스친 눈물길이 따갑다.

두 달 전, 밸런타인데이에 있었던 일이다. 정민이는 겨루기 훈련을 받고 나오면서 내게 헤드기어를 벗어 건넸다.

"이런 건 네가 직접 걸어."

땍땍대며 손으로 쳐내려는데 그날따라 날 보는 정민이의 눈빛이 달랐다. 끈적끈적한 눈빛을 보니 으스스 닭살이 돋았다. 닭도 그냥 닭이 아니라 알레르기를 일으킬 수 있는 옻닭이 틀림없을 터였다.

"뭘 그렇게 봐?"

녀석의 눈을 마주보기 멋쩍어서 헤드기어를 받아들고 눈길을 피해 두리번거렸다.

그때 보였다. 금메달이. 헤드기어 안에는 금박지로 포장된 초콜릿 금메달이, 앞에는 땀에 젖은 머리칼을 쓸어 올리며 쑥스럽게 웃던 정민이의 얼굴이.

내가 알던 코흘리개가 아닌 키가 훤칠한 남자가 거기에 있었다.

"아리야, 이거 먹고 다 쓸어버리자."

"바보야, 오늘은 여자가 주는 날 아냐?"

"그런가? 주고받은 적이 있어야 말이지."

정민이가 뒷머리를 긁적이며 멋쩍게 웃었다. 금박이 덮인 커다란 메달 모양 초콜릿이었다. 포장이 어설픈 게 한눈에 봐도 정민이가 만든 것 같았다.

"이번 3월 시합에서 꼭 동메달 따는 거다."

정민이는 부담은 주고 싶지 않았는지 금메달 대신 동메달이라고 말했다.

"남자애가, 그것도 운동선수가 이게 뭐니?"

나는 끝까지 시치미를 땐 채 정민이에게 핀잔만 주었다. 하지만 나는 초콜릿을 받은 뒤 악착같이 분발할 수 있었고, 덕분에 은메달을 손에 쥐었다.

정민이와 나는 어릴 때부터 동네 태권도장에서 치고 박고 싸우며 지냈던 터라 처음부터 정민이를 남자로 보지 않았다. 고등학생이 되자 정민이는 키가 점점 커지더니 목소리도 굵어지고 눈썹도 짙게 변했다.

'내가 아는 정민이가 맞을까?'

반년 사이에 정민인 다른 사람이 되어 있었다. 전에는 발차기를 해도 내가 다 피할 수 있었는데, 이제는 정민이의 다리가 길어서 내가 한 발 물러나도 발등에 걸렸다. 그런 정민이를 올려다보기 시작하면서 나도 모르게 가슴이 콩닥콩닥 뛰었다.

'아, 난 왜 정민이의 숨은 진가를 알아채지 못했을까. 상희 그 계집애한테 이대로 정민이를 빼앗겨야 한단 말인가.' 그제야 내 곁을 항상 좇아다니며 날 챙기던 정민이가 떠올랐다.

붕대와 연고는 물론 물파스며 향균파스를 항상 갖고 다니며 내가 다칠 때마다 호들갑을 떨면서 달려오던 아이. 정민이는 내가 다리를 절기라도 하면 목발이 되겠다며 집에 갈 때까지 어깨를 빌려주었는데…….

오늘따라 집으로 돌아오는 길이 무척이나 길게 느껴진다.

이건 내가 알던 그 길이 아니었다.

할머니와 엄마

해거름 녘, 집에 돌아오니 엄마는 아빠 추도식에 올릴 음식을 준비하고 있었다. 할머니는 엄마가 옆에서 음식을 만드는 족족 먹을거리를 삼켜댄다.

"이 계집애가 왜 이렇게 늦게 오고 난리야."

"훈련이 있었단 말이야."

"다리도 성치 않은 년이 무슨……."

"그럼 아프다고 혼자 빠지남?"

이럴 때는 내 방으로 휙 들어갔으면 싶다. 그러나 아쉽게도 모녀 삼대가 단칸방에 사는지라 숨을 공간이 없다. 내 방을 갖고 싶다고 엄마에게 떼를 쓰기도 했지만, 엄마는 한 방에 사는 게 할머니를 챙길 수 있는 최선이라며 거부했다.

"뭇국 잘 끓고 있는지 좀 봐."

"싫어."

다짜고짜 일부터 시키려는 엄마와 말을 섞기 싫었다. 엄마가 목욕탕에서 때밀이를 시작하면서부터 집안일을 내가 도맡았지만 오늘은 아무것도 하기 싫다.

엄마는 끓어오르는 뭇국처럼 입에 거품을 물 태세로 날 노려본다.

"알았어. 알았다고."

나는 가방을 한쪽에 던져놓고 국자를 찾는다.

'제갈길 여사.'

엄마의 성은 제갈, 이름은 길이다. 돌아가시기 전 아빠는 엄마 이름 중에 가운데 글자를 빼고 제길 여사라 부르며 놀렸다.

그러면 엄마는 꼭 이렇게 쏘아댔다.

"각자 제갈 길이나 가자구요."

그럼 나는 웃느라 뒤집어지기 일쑤였다.

아빠 이름은 채선호. 전문대 졸업반 때 친구의 소개로 엄마를 만났다고 했다. 엄마를 보기도 전에 이름에 먼저 반했다는 아빠. 아빠는 당사자가 남자였어도 반했을 거라며 너스레를 떨기도 했다.

"손 데지 않게 행주로 뚝배기 잘 받치고."

엄마가 아빠 사진을 상에 올려놓으며 말한다. 엄마는 뜨거운 것을 잘 만지지 못한다. 사람들 때를 얼마나 밀어댔는지 손이 백 년 묵은 고목처럼 갈라졌기 때문이다.

지난주에 엄마는 온몸에 두드러기까지 돋았다.

"모기한테 물린 거 아니야?"

"그런 거 없어 이것아."

엄마는 손이 닿지 않는 곳을 긁으려고 자라처럼 바동거렸다. 말라붙은 물파스를 마구 흔들어 가며 엄마 몸에 발랐지만 소용이 없었다. 그 정도로 모기에 물리려면 깊은 정글에 들어가야 하리라. 어쩌면 그게 맞을지도 모른다. 아빠가 떠나고 엄마가 혼자 걸어온 길은 아마존 못지않았으니까.

며칠 동안 세 여자가 뒤척이느라 밤잠을 설쳤다. 엄마는 밤마다 사람들의 때를 밀더니, 자면서도 때를 밀어댔다.

할머니는 색색의 크레파스 그림 위에 검은색을 덧칠한 도화지를 헤집듯 손톱에 닿는 것은 무엇이든 긁었다.

할머니와 나는 같으면서도 달랐다. 할머니가 알록달록한 기억의 검은 칠을 벗겨 내려고 했다면 나는 숯검정으로 이전의 그림들을 벅벅 지우고 싶었으니까.

"엄마, 목욕탕 일 그만해. 스트레스 때문 아니야?"

아침 인사보다 먼저 튀어나오는 소리였다. 아무리 말려 봐도 제갈길 여사는 막무가내였다.

"그렇게라도 해야 아리 널 대학에 보낼 수 있다니까."

"난 금메달 따서 장학생으로 갈 거라니까!"

갑자기 몸과 맘이 추워져서 엄마를 뒤에서 끌어안았다.

"얘가 새삼스럽게. 뭇국이나 잘 보라니깐."

알싸한 소고기 뭇국 냄새가 난다.

아빠가 제일 좋아하던 뭇국이다. 새벽부터 이삿짐센터에 나가는 날이면 엄마가 꼭 끓이던 국이기도 했다. 잠결에도 후루룩, 후루룩, 아빠가 국을 마시는 소리를 들으면 내 배가 다 든든할 정도였다. 보글보글 끓는 냄비를 들여다본다. 뜨거운 기운이 아빠의 숨소리처럼 훅, 끼쳐온다.

"아리야."

엄마가 한 번 더 채근한다. 가스 불을 끄고 국자로 뭇국을 휘젓는다.

"아리 너 배고프면 먼저 먹을래?"

"아니, 국은 좀 식으면 먹을래. 할머니가 달려들었다가 손이라도 데이면……."

"그럼 뭇국 대신 네가 할머니 좀 챙기렴."

우리 할머니 이름은 장야단.

아빠가 어쩌다 술 마시고 들어올 때면 할머니와 엄마가 투톱으로 잔소리 슛을 쏘아댔다. 그럴 때면 아빠는 꼭 손을 휘휘 내저으며 이렇게 말했다.

"야단났네. 야단났어."

아빠가 그럴 때면 할머니는 금세 우스워 죽겠다는 표정을 지었다. 스트라이커인 할머니가 두 손을 들면 미드필더인 엄마도 손쓸 도리가 없다. 물론 엄마가 가동이 안 되면 리베로인 나도 발이 묶인다.

하지만 세 여자는 안다. 아빠가 어쩌다 한 번씩 술을 드신 날에는 이삿짐을 나르다가 어딘가 삐끗하거나, 가전제품과 함께 넘어졌을 때라는 걸.

장야단 여사는 치매의 일종인 알츠하이머 증후군을 앓고 있다. 치매라고 하면 어쩐지 할머니가 초라한 것 같아서 진이에게만은 알츠하이머라고 말해주었다.

"알츠하이머?"

진이는 처음 듣는 병명이라며 희소병 같다고 했다. 나는 병이라기보다 증후군, 그러니까 증상에 불과하다고 우겼다.

"기억을 잃어버리는 거야. 때때로 말이지……."

"꺅!"

진이는 또 소리를 질러대며 상상에 빠져들었다. 분명히 멜로 영화 속 기억을 잃어가는 비련의 여주인공을 떠올리겠지. 그러나 이것은 현실이다. 할머니는 벌써 헤아릴 수 없을 만큼 기억을 잃었다. 우리 집에 놀러 올 때마다 달라지는 할머니 모습을 보면서 진이도 더는 엉뚱한 말을 하지 않았다.

전에는 가끔씩 정정한 모습으로 돌아올 때도 있었지만, 아빠가 크레인에서 떨어져 죽은 뒤로는 할머니의 기억도 영영 돌아오지 않았다.

나는 아빠의 죽음을 도저히 받아들일 수 없었다. 아빠가 어디론가 이사를 가버리거나 여행을 떠났다고 생각했다. 그런데 얼마 전에 엄마 옆자리에 고교 동창이라며 웬 곰 같은 호저씨가 나타난 것이다. 여행 작가라며 잔뜩 폼을 잡는 것도 미덥지가 않았고, 뒷머리를 꼬랑지처럼 묶어놓은 모양새도 마음에 들지 않았다.

엄마 마음에 그새 호저씨가 들어선 게 아닐까 하고 의심했다. 그러면 아빠의 자리는 영영 사라져버릴 것 같았다. 아빠가 정말 죽은 것 같아서 마치 엄마와 호저씨가 아빠를 죽인 공범이나 되는 것처럼 악다구니를 부렸다.

"다 꼴 보기 싫으니까 꺼져버리라고!"

"민호 아저씨는 그냥 엄마 친구야. 예전에 엄마한테 보험 들었던 고객들 도와주러 오신 거야."

엄마는 끝까지 둘 사이를 부정하며 날 안심시켰다.

"여행 작가라고? 그럼, 아빠가 어디로 여행을 떠났는지 알긴 알아요? 우리 아빠가 날 두고 어디로 짐을 꾸려 이사 갔는지, 한번 써서 가져와 봐요!"

발악하는 고양이처럼 소리를 지를 때면 호저씨는 그저, 미안하다며 조용히 사라지곤 했다.

'미안하다, 미안…….'

아빠는 잘못한 것도 없는데 언제나 미안하다는 소리를 입에 달고 다녔다. 다른 사람들과 말을 할 때도 꼭 앞에 '미안합니다만'을 붙였다. '죄송한데요', '미안해서 어쩌지요', '송구스럽습니다만' 등등 미안할 게 없는데도 미안부터 해서 언제나 사람들에게 밑지기만 했다.

호저씨가 미안하다는 말을 자주 하는 걸 보고, 난 엄마가 왜 호저씨에게 보험 고객을 부탁했는지, 왜 옆에 두려는지 조금은 이해할 수 있을 것 같았다.

그래도 안 되는 건 안 되는 거다. 조금만 더 가까이 오기만 해 봐라. 이단 옆차기로 호빵을 그냥, 확!

할머니가 정정하셨다면 호저씨의 머리끄덩이부터 잡고 늘어졌을 것이다. 봇짐장수였던 할아버지는 역마살이 심해서 아빠를 낳자마자 어디론가 줄행랑을 놓았다. 그래놓고 수년에 한 번씩 몰래 찾아와서 쌈짓돈을 부뚜막에 놓고 가고는 했단다. 누가 이런 선행을 하나 싶어 천지신명께 감사기도를 올리던 장야단 여사는 10년쯤 지나 그게 할아버지가 한 일인 걸 알고 돈을 확인하는 족족 아궁이에 처넣었다.

쌈짓돈이 뭉칫돈이 되고, 뭉칫돈이 돈다발이 되어도 할머니에게 그 돈은 땔감에 불과했다. 그랬던 할아버지는 늘그막에 풍을 맞아 봇짐장수 생활을 청산해야 했다. 할머니의 표현을 빌리자면 할아버지가 뒷다리를 버마재비에게 뜯긴 귀뚜리처럼 걸어 들어왔을 때, 묻지도 따지지도 않고 할아버지를 집에 들였다고 했다. 하지만 할아버지는 할머니가 수발한 지 반년도 채 되지 않아 돌아가셨다.

"스프링 빠진 스카이콩콩처럼요?"

제갈길 여사는 할머니의 얘기를 들으며 되물었고, 채선호 사장은 눈살을 찌푸렸다. 언뜻 들으면 버릇없이 들릴 질문이었다. 하지만 나는 엄마가 눈 하나 깜짝 안 하고 질문했던 이유를 같은 여자의 육감으로 알 수 있었다.

"당신도 시아버지처럼 어디로 내빼기만 해 봐요. 다리몽둥이를 분질러 놓을 테니."

그러나 아빠가 할아버지보다 더 먼 길을 떠났을 때, 할머니는 오락가락하는 중에도 가까스로 정신을 붙들고 엄마에게 말했다.

"얘야, 너 하고 싶은 대로 살아라. 괜한 시집살이 할 거 없고."

장야단 여사는 엄마를 놓아주고 싶었을까? 하지만 할머니는 아빠의 기억과 함께 자신의 전부를 내려놓았고, 엄마는 끝내 우리 가족 모두를 끌어안았다.

"할머니 좀 챙기라니깐!"

잠시 멍때린 사이, 할머니가 동치밋국을 아빠 사진에 쏟았다. 손걸레를 가져다 상을 닦으려는데 할머니는 아빠 사진을 덥석 집더니 가슴팍에 갖다댄다.

'혹시 아빠를 기억해낸 것일까?'

엄마와 나는 깜짝 놀라 눈이 마주쳤다. 그러고는 다시 할머니를 보았다. 할머니는 하얀 모시옷으로 사진을 닦아낸다. 눈빛에 잔정이 묻어 있다. 얼마간 사진을 쓰다듬던 할머니가 이제 됐다는 듯이 해맑게 웃고는 액자를 반쯤 열린 창밖으로 내던진다.

할머니가 내 어깨너머로 아빠 사진을 보며 혀를 끌끌 찬다. 아빠를 할아버지로 오인한 게 틀림없다. 그렇게 당신을 속 썩였던 남편의 잔상만큼은 아직 기억의 서랍 어딘가에 이끼처럼 슬어 있었던 것일까.

창문 밖으로 손을 뻗어 아빠 사진을 주웠다. 반지하에 살아서 좋은 건 행동반경이 짧을 때다. 나는 아빠 사진을 끌어안고 모서리에 묻은 흙무더기를 탁탁 털어낸다.

'떨어져서 미안하다.'

늘 주눅이 든 아빠의 목소리가 들리는 것 같아 눈물이 찔끔 흐른다. 그 얼굴을 엄마에게 보이기 싫어 산동네의 밤 하늘을 올려다본다. 하늘에는 개밥바라기가 떠 있었다. 초저녁에 뜨는 금성을 개밥바라기라고 했던가.

"아빠, 금성이 왜 개밥바라기야?"

아빠의 꺼끌꺼끌한 턱수염을 피하며 낙산 성터에 앉아 밤하늘을 올려다보던 때, 아빠가 한 말이 떠오른다.

"옛날에는 사람들이 다 가난했단다. 사람도 배가 고픈데 개는 오죽하겠니? 그래서 저녁이면 녀석들이 밥을 달라고 컹컹대며 짖어댔지. 바로 그 무렵에 저 큰 별이 뜨곤 했어. 별도 강아지처럼 배가 고파서 나왔을까?"

아빠는 두 팔로 나를 끌어안고 하나하나 별 이야기를 들려주었다. 별자리를 누구보다 잘 알기에, 별들의 나라를 누구보다 잘 찾아갔을 아빠다. 그래서 엄마한테 이끌려 교회에 갈 때면 나는 별나라를 떠올리며 기도한다.

나는 믿는다. 별빛과 별빛이 만나는 자리, 이 별에 사는 사람과 저 하늘에 사는 천사의 눈빛이 마주치는 지점에는 분명 영혼이 머무는 게스트하우스가 있을 거라고. 아빠는 지금 히치하이크하는 중이라고.

'가만, 그런데 저 개밥바라기가 자꾸 정민이의 짙은 눈썹처럼 보이는 까닭은 뭐지?'

아니다. 내일부터는 안 볼 사이인데. 차라리 교무 주임 샘의 눈썹이라 치자.

지금부터는 아빠가 여행 중에 보내온 편지를 세 모녀가 나누어 읽을 시간이다.

창문을 닫아걸고 두 손을 모은다.

기억을 파는 가게

학교 담벼락이 보이자 가슴이 두 배로 빨리 뛴다.

'정민이를 어떻게 볼까?'

차마 학교에 들어가지는 못하고 학교를 감싼 낙산 길만 뱅뱅 돈다. 두 바퀴째 돌면서부터는 성터 지붕 위로 올라서서 걸었다.

초등학교 때는 이 성터 너머에 뭐가 있을지 궁금했다. 정민이랑 태권도장을 마치고 집에 가면서 총포 구멍에 얼굴을 빼쭉 들이밀고 성터 너머의 세상을 훔쳐보곤 했다.

"허름한 집들이 뭐가 궁금해서 그래."

정민이가 위험하다며 내 손을 잡아끌면 발뒤꿈치를 들어 고개를 더 들이밀기도 했다.

어렴풋이 집들이 보였지만 그게 다가 아닐 거라고 생각했다. 키가 더 자라서 성터 지붕에 오르면 뭔가 다른 것이 보일 것만 같았다.

하지만 벽 너머엔 별다른 게 없었다. 옹기종기 모인 집들만 더 작아 보일 뿐이었다. 오랑캐의 벙커나 바다는 보이지 않았다. 그런데 조선 시대 사람들은 왜 이런 걸 만들었을까? 국사하고 심히 거리가 먼 나는 도무지 그 이유를 알 수 없었다.

아무 이유 없이 마음이 부풀어 오른다. 봄이 오긴 왔나 보다. 아기자기하게 엉겨 붙은 색색의 지붕들이 이제 막 피기 시작한 봄꽃들처럼 빛깔을 내뿜는 것 같다. 내 가슴도 저 알록달록한 집들처럼 오락가락한다.

땡땡이를 쳐볼까. 그냥 다 모른 척 할까. 들어가자마자 엎드려 잘까. 아프다며 조퇴할까, 등등 별별 생각이 다 든다.

발길을 돌려 뒷문 쪽으로 향한다. 성터 지붕에서 내려와 골목으로 들어선다. 분식집들 사이에 새로 문을 연 가게가 보인다. 상자들로 잔뜩 둘러싸여서 당최 무슨 가게인지 확인할 수 없다. 떡볶이집이 아닌 것만은 분명하다.

'이런 데서 먹는장사 아니면 얼마 못 갈 텐데…….'

킁킁, 코에 걸리는 냄새도 없다. 가게 안을 힐끔 엿보다가 홱 돌아선다.

문구점부터, 사진관, 노래방, 보습학원까지. 정문 대로변에 차리지 않고 낙산 가까운 어둑한 뒷문 쪽에 가게를 차렸다가 반년도 안 되어 문 닫은 곳을 숱하게 보았다. 저 가게도 예외는 아닐 것 같았지만 나랑은 상관없는 일이니까 신경 끄자. 지금 나는 정민이랑 쌈공주 생각만으로도 머리가 터져버릴 것 같으니까.

교실에 들어서니 다행히도 정민이는 자리에 없다. 한참 훈련에 피치를 올릴 시점이긴 하다. 뒤이어 교무 주임이 들어온다.

"바야흐로 봄이 오는 4월이니 여러분의 공부도 활짝 핀 개나리처럼 꽃피울 때군요."

마의 아침 조회가 시작된다. 같은 2분단 세 번째 줄에 앉은 진이가 눈을 까뒤집은 채 맨 뒷자리에 앉은 날 돌아본다.

"얼토당토않게 개나리 운운하는 설교는 개나 줘버려."

내가 입 모양으로 소리 없는 말을 내뱉자 진이가 터져 나오려는 웃음을 막으려고 두 손을 입에 갖다댔다.

내가 무슨 말을 벙긋대는지 알아보다니 진이 시력은 정말 기가 막히다. 진이는 요즘 바바리맨이 우리 학교까지 왔으니 경계해야 한다며 쉬는 시간마다 뒷산 성터가 보이는 창가에 들러붙어 있다. 제대로 밖을 살핀답시고 정민이의 빈자리에 앉기도 한다.

나는 상희가 눈치채지 않게 흘깃 본다. 상희는 복도 쪽 3분단 맨 끝 두 번째 자리에서 거울 보는 데 정신이 팔렸다. 그 뒤의 썬과 쑥은 교무 주임이 무슨 말을 하던 아랑곳하지 않고 엎어져 잔다.

나도 그냥 엎드려서 잘까. 아빠 생각하다 밤잠을 설친 탓에 눈꺼풀이 내려온다. 나도 모르게 고갯방아까지 찧는다. 운동한답시고 공부에 소홀하다는 핀잔을 듣기 싫어 나름 바른 생활을 하는 중인데…… 애라 모르겠다. 두 팔을 괴고 엎어진다.

결승전에 진출한 정민이의 상대는 키가 180센티미터도 넘는 골리앗이었다. 정민이도 작은 키는 아니지만 골리앗 덩치에 비하면 다소 왜소하게 느껴졌다.

호각 소리가 울리자마자 골리앗이 돌려차기 연타를 날리며 정민이를 압박한다. 정민이는 공격을 피하다 라인 밖으로 나가 주의를 받았다. 정민이도 체구가 커서 때리는 모두 적중할 것 같았다. 그나마 긴 팔로 발차기를 잘도 막아낸다.

골리앗은 발차기도 모자라 곰 발바닥 같은 주먹을 쉴 새 없이 정민이에게 내지른다. 그럴 때마다 퍽퍽 소리가 난다.

다급한 정민이가 그대로 허리를 틀어 뒤차기를 하자 골리앗이 주춤한다. 그 순간을 놓치지 않고 정민이가 뛰어올라 한 바퀴 반을 돌아 골리앗의 주걱턱을 날려버린다.

제각기 응원을 하던 관중들이 깜짝 놀라 그대로 숨을 멎었다. 순간 경기장은 뜨거운 열기 속에서도 고요했다.

"저것은, 태권도 발차기 중 최고 기술인 560도 발차기!"

방 감독님이 떨리는 목소리로 말하자, 여기저기서 박수 소리가 터져 나온다. 골리앗은 꼿꼿이 굳은 채 밑동 잘린 나무토막처럼 쓰러졌다. 그럼 그렇지, 역시 정민이다. 쿵 소리가 울렸고 사람들의 환호 소리가 들리는 가운데 축포가 터졌다.

얼마쯤 시간이 흐르자 시상식이 열렸다. 국기원에서 나온 아저씨가 금메달을 정민이의 목에 걸어준다.

드디어 내가 나가서 꽃다발을 안겨줄 차례다. 어깨를 펴고 가뿐하게 워킹을 한다. 정민이가 그런 나를 보고 흐뭇하게 웃는다. 오직 이 순간만을 위해 이겼노라고 정민이는 웅변하듯 두 발을 시상대에 단단히 딛고 서서 윙크를 한다.

내 발걸음이 빨라진다. 그간 훈련하느라 고생한 정민이에게 꽃을 건네고 뽀뽀도 해야지. 그런데 이상하게도 속도를 내면 낼수록 발걸음이 느려진다. 이어지는 풍경들이 슬로비디오처럼 점점 늘어진다.

그때 누군가 내 다리를 건다. 가슴에 안고 있던 꽃묶음이 허공 위로 날아간다. 나는 요란스런 소리를 내며 엎어져 구른다. 넘어질 때만큼은 2배속으로 바뀐다. 관중석에서 웃음소리가 터져 나온다.

"어떤 녀석이야!"

그 말을 무시하고 녀석은 내 옆을 스쳐 지난다. 코 끝이 찡할 만큼 플로랄 계열의 향수 냄새가 난다. 광고에서만 보던 다리

모델 같은 매끈한 다리가 보인다.

나는 정민이가 들을까 봐 더 소리치지도 못하고 끙끙 앓는다. 다리 모델이 정민이에게 꽃을 건네며 꽃사슴처럼 안긴다. 정민이 긴 팔을 다리 모델의 어깨에 감는다.

"뽀뽀만큼은 안 돼!"

정민에게 안겨 한없이 착한 얼굴로 입술을 쏙 내미는 얄미운 계집애, 분질러주고 싶은 다리를 가진 그 계집애는 바로 상희였다.

"으악, 가만 안 둘 거야!"

그건 정말 꿈이었을까? 책상 위에 침을 흥건하게 흘린 데다가 자면서 계속 울었는지 얼굴이 퉁퉁 부었다. 진이는 내 꺽다리가 허우적대는 모습이 꼭 주유소 앞에서 춤추는 바람 인형 같았다며 자세히 늘어놓았다.

"혹시 정민이도 봤어?"

"그냥 힐끗 보다가 도복 챙겨서 나갔어."

"상희 그 계집애는?"

"정민이만 보고 있었어."

"그럼, 정민이랑 상희 시선이 마주쳤어?"

"거기까진 잘 모르겠고, 근데 너 무슨 형사가 취조하는 것 같다."

진이가 스팸과 계란을 두 볼에 그득 문 채 웅얼거린다. 그러더니 음식물을 급하게 삼키면서 가슴을 두드린다.

"왜 그래, 천천히 먹어."

"너 봤어? 그 이상한 가게 말"

진이가 급하게 물을 한 모금 들이킨다.

"잔뜩 상자를 쌓아놓은 가게말야?"

"응, 자세히 보니 간판에 '메멘토이'라고 쓰여 있더라."

"메멘토이?"

어느새 진이는 눈빛을 반짝이며 두 손을 모으고 있었다. 상상에 빠질 때마다 진이가 보이는 행동이었다.

"진열된 상품 같은 것도 봤니?"

"아니, 아직 물건은 들여놓지 않은 모양인데?"

진이가 김말이를 또 하나 삼킨 채 말한다. 밥풀 하나가 내 도시락으로 튄다. 날아드는 밥풀을 막으려고 손을 저었지만 이내 아랑곳하지 않고 밥 한술을 뜬다.

"도대체 무얼 파는 가겔까? 장난감을 파는 가게? 그도 아니면 소망을 이룰 수 있는 가게?"

진이는 실없는 상상을 하며 또 까무러쳤다.

창가로 다가가 낙산이 있는 뒷문 쪽을 본다. 거리가 멀어서 자세히 보이지 않았다. 색색의 상품이 진열된 것으로 보아 팬시점 같기도 하다. 아무리 그래도 먹는장사가 아니면 한적한 뒷문 쪽에서는 얼마 못 가 가게 문을 닫아야 할지도 모른다.

마지막 수업이 끝날 때까지 나의 상상은 저 혼자 교실을 떠다니다가 창문을 깨고 운동장으로 나가 도움닫기를 하더니 이내 장대가 부러진 높이뛰기 선수처럼 고꾸라졌다.

"먼저 갈게."

진이에게 사인을 하고 교무 주임이 들어서기 전에 교실을 나서려는데 쑥과 선이 내 앞을 막았다.

"뭔데? 비켜."

쌍둥이 자매는 그저 실실 웃는다. 여기서 소란을 피우면 골치 아파질 것 같아 뒤돌아선다. 앞문으로 나가려고 하는데 이번엔 상희가 앞을 막아선다.

"또 뭔데?"

이상한 정황을 포착한 진이가 잔뜩 긴장한 얼굴로 내게 눈짓을 한다. 그러더니 칠판 쪽을 바라보며 큰 소리로 소리친다.

"선생님, 안녕하세요!"

조잘대던 반 아이들 모두 일순 긴장한 얼굴로 앞을 주시한다. 상희와 자매들도 재빨리 자리에 가서 앉는다.

하지만 선생님의 모습은 어디에도 보이지 않았다. 진이가 날 위해 틈을 마련한 거구나.

진이한테 윙크를 보내고 앞문으로 다가선다. 그런 내 뒤통수에다 대고 상희가 소리친다.

"야, 채아리, 잠깐 보자니까!"

뒤도 돌아보지 않고 앞문을 열며 대꾸한다.

"나 지금 무지 바쁘거든?"

그러자 상희가 비아냥거리는 투로 한 번 더 말했다.

"나 어제 너네 엄마 목욕탕에서 봤거든."

앞문을 여닫으려 문고리를 쥔 채 그대로 굳는다.

'뭐, 우리 엄마를 봤다고. 그것도 목욕탕에서?'

문을 등지고 뒤돌아선다.

상희가 갑자기 헛웃음을 짓더니 반 아이들을 둘러보며 말한다.

"아리가 왜 말 안 했을까? 우리 엄마 때밀이라고. 어제 목욕탕에 갔는데, 손님이 없는 것 같아서 네 엄마한테 때 좀 밀어 달라고 했거든. 팔 힘 좋으시던데? 누구랑 달리 성격도 싹싹하시고 말이야."

"아리 엄마가 때밀이라고?"

아이들이 수군거리는 소리가 들린다. 두 주먹을 천천히 말아 쥔다. 눈물이 비어져 나오고 숨이 꺽꺽 막힌다. 팔다리가 불에 데인 듯 뜨거워진다. 금방이라도 눈알이 튀어나올 것만 같다.

나는 천천히 겨루기 자세를 취한다. 상희는 나와 눈이 마주치자 겁을 먹은 채 뒷걸음질 친다.

쌍둥이 자매들도 쉽게 나서지 못하고 머뭇거린다. 달려와서 내 옷깃을 붙잡는 진이의 손을 뿌리치고 교복 치마를 걷어 올린다. 스텝을 몇 번 밟은 뒤 그대로 도움닫기를 해서 상희를 향해 날아오른다.

"야, 야 채아리!"

여기저기서 여자애들이 비명을 지른다. 남자애들도 놀라서 말을 잃는다. 나는 정확히 상희를 향해 다리를 뻗었다가, 접었다가, 상희 뒤편의 사물함에다 다시 발끝을 뻗는다.

퍽 소리와 함께 사물함 문짝이 완전히 박살 난다.

새하얗게 질린 상희가 몸을 벌벌 떨며 내 눈을 피한다. 돌아보니 쑥과 썬도 딴청을 피운다. 씩씩거리며 뒷문으로 다가선다. 아무도 날 막아서지 않는다.

아직도 바르르 떨리는 입술을 꽉 깨문 채 문을 열고 밖으로 나선다. 얼마나 꽉 깨물었는지 입에서 비릿한 냄새와 더불어 피 맛이 난다.

다시는 교실에 안 돌아올 테다.

숨을 몰아쉬며 복도를 지나는데 반대편에서 스포츠 가방을 어깨에 메고 걸어오는 정민이가 보인다. 한순간 마음이 무너지면서 눈물이 막 쏟아져 나온다.

'정민아, 나 실은 말이지…….'

말을 걸어보려는데 정민이는 날 한번 힐끗 보더니 무심하게 지나친다.

'정민이, 너마저…….'

입술을 더 새게 깨문다.

이제, 정말이다. 이 지긋지긋한 학교 진짜 안녕이다.

집에 들어가지 않고 낙산 성터 지붕에 오른다. 어릴 때는 겁도 없이 숨바꼭질하면서 이 위를 뛰어다닐 때도 많았는데, 이제는 성터 앞 절벽의 높이가 아찔하게만 느껴진다.

어느 여자 시인은 고등학교 때 이 위에서 사진을 찍으려다 떨어져서 반신불수가 됐다고 한다. 그래도 오늘만큼은 나도 끝까지 달리고 싶다. 떨어져도 내 걱정해줄 사람은 아무도 없을 테니까. 그래도 엄마는 조금 슬퍼하겠지.

'학교에서 있었던 기억을 다 지울 수만 있다면…….'

학교 쪽으로는 가까이 가고 싶지 않아 뒷문이 보이는 쪽에서는 더 빨리 지난다. 벌써 애들은 다 가고 없겠지. 꽃샘추위 때문에 몸이 으스스하게 떨렸다. 점점 날이 저물자 마음마저 쓸쓸했다.

분식집들도 거의 문을 닫았다. 그런데 아직도 불을 훤하게 켜놓은 가게가 눈에 들어온다. 상자가 잔뜩 쌓여있던 곳이었다. 아마도 진이가 말한 '메멘토이'라는 가게 같았다. 개점 준비를 다 끝냈는지 종이상자는 보이지 않는다. 주변이 온통 캄캄한데 저 상점에서만 엷은 불빛이 새어나오니까 골목 전체에서 이상한 기류가 흘렀다.

그곳을 지나 얼마쯤 걸었을까. 이번에는 우리 집이 내려다 보인다. 지금쯤 엄마는 목욕탕에 나갈 준비를 하면서 할머니 밥을 차리고 있겠지.

전봇대마다 전단지가 덕지덕지 붙어 있다.

첫 번째 전단지엔 '서 · 연 · 고 대학생이 과외해 드립니다. 한 달에 30만 원!'이라는 문구가 보였다. 학원이나 과외에는 관심도 없을 뿐더러 '스카이'와는 거리가 멀어 그냥 지나친다.

두 번째 전단지에는 '보증금 4,000만 원, 월 30만 원, 방 두 칸짜리 방 있습니다.'라고 적혔다. 이건 진심, 돈만 있으면 어떻게 해서든 혼자 나와 살고 싶다. 할머니가 좀 걱정되지만 호저씨가 기웃거리는 건 더 꼴 보기 싫다. 하지만 돈을 벌려면 대학 졸업 때까지 몇 년은 더 기다려야 한다.

세 번째 전단지는 이상했다. 전단지라기보다는 직접 글자를 새겨 넣은 목판 같다고 할까? 연락처가 적힌 종이 부분을 뜯기 쉽게 가위질한 다른 전단지처럼 이 판때기에는 부적 같은 조각이 세 개나 붙었다. 그마저도 두 개는 누가 떼어가고 없다. 도대체 무슨 광고일까? 나무판에 패인 글자들을 손으로 쓸어본다.

기억을 사고팝니다. 최고가 매입, 혹은 다른 기억으로 교체 및 가공도 가능합니다. 선착순 세 명에게는 특별한 초대권을 드립니다.

—메멘토이 문지기白

기억을 사고판다고? 낚시글 치고는 지나치게 비현실적이다. 게다가 이 광고를 낸 가게는 오늘 새로 생긴 바로 그 메멘토이가 아닌가. 도대체 어떤 가게이기에 이런 말도 안 되는 문구를 써 붙였을까?

그냥 지나치려다가 혹시 몰라 마지막 남은 나무 조각을 챙겨 주머니에 넣어둔다. 다른 전단지와 달리 결이 좋은 나무판을 붙여놓은 것도 이상했지만, 왠지 이걸 갖고 가면 무슨 경품이라도 주지 않을까 하는 기대감이 들었다.

어차피 이렇게 된 거, 당장은 집에 들어가기 싫다. 엄마가 일 나가기 전까지 좀 더 시간을 때워야 겠다. 무슨 부적이라도 되는 듯 나무 조각을 어루만지며 학교 뒷문 쪽으로 걸음을 내딛는다.

노란 불빛이 새어나온다.

서너 평 남짓한 가게 안에 큐브와 직소퍼즐, 프라모빌, 못난이 인형 등이 잔뜩 진열되어 있다. 한쪽 멜로디상자에서는『이상한 나라의 앨리스』에 나오는 달걀 신사 험프티 덤프티가 지팡이를 돌리며 소리를 낸다. 문을 열면 나도 토끼 굴로 빠져드는 게 아닐까 싶어 한 발 물러선다.

천장의 필라멘트에서 새어나오는 은은한 조명이 가게 내벽에 덧대어놓은 거울에 반사되어 인형들 사이에서 아릿거린다. 거울도 그냥 거울이 아닌 어안렌즈로 되어 있어서, 사물들 뿐만 아니라 공간이 온통 이지러진 것처럼 보인다.

거울 속 잔뜩 찌그러진 또 하나의 달걀 아저씨와 눈이 마주친다. 땅딸한 키에 불룩 튀어나온 아랫배와 멜빵바지, 작은 날개를 단 것 같이 옆머리에만 붙은 갈색 머리, 이번엔 사람이다.

아저씨는 두 손에 들고 있는 드럼스틱으로 배를 두드리며 유리문으로 다가선다.

"어서 들어오렴, 찾는 거라도 있니?"

문을 열지 않았는데도 달걀 아저씨의 낭랑한 음성이 들려온다. 생긴 것과 달리 목소리가 맑다. 이제 막 굵어지기 시작한 정민이의 목소리와 천지 차이지만.

"그냥, 새로 생겨서 한번 와봤어요."

겁도 없이 유리문을 열고 들어선다. 밤이 늦은 데다 모르는 남자와 함께 있는 것이 조심스럽다. 수상쩍은 행동을 하면 플라잉니킥으로 턱을 날려줄 테다.

"어서 오렴, 어여쁜 소녀군."

어디선가 남자애의 목소리가 들려온다. 좁은 가게라 사람이라곤 달걀 아저씨밖에 없는데 어디서 들려온 소리지? 주위를 살폈으나 인형들밖에 보이지 않는다.

달걀 아저씨는 출처를 알 수 없는 이상한 목소리에 대꾸한다.

"그렇지? 생김새만큼이나 아리따운 기억을 가지고 있을 거 같아."

'기억이라고? 기억이라면 죄다 지우고 싶은 것들뿐인데? 아빠도, 집도, 정민이도 몽땅 말이다.' 이런 내 생각을 알아들었는지 남자애가 말한다.

"그렇다면 네 기억이 담긴 인형이나 물건을 갖고 오렴. 필요에 따라 기억을 가공해줄게. 어때, 근사하지 않니?"

"그런 게 가능하다고요?"

내가 놀라서 묻자 목소리가 말한다.

"물론 그만한 대가는 각오해야 할 거야."

어쩐지 내 또래의 장난기 많은 녀석일 것 같아 주위를 두리번거리며 눈을 부릅뜬다. 잔뜩 도전적인 표정을 짓고 오른발을 뒤로 뺀다.

“어디 있는지 앞에 나서서 얘기하지 못해? 뭔 소리를 하는지 알아먹을 수 없잖아.”

“여기야, 여기. 왜 인간들은 언제나 낮은 곳은 볼 줄을 모를까?”

낮은 곳이라고? 발끝에 놓인 인형들과 장난감들 사이, 무언가 기우뚱 움직인다. 진열대 하단에 보라색 나무 고양이 한 마리가 보인다. 인형인가 싶어 앞발로 슬쩍 치려고 하자 꼬리를 흔들며 뒤로 물러선다.

엥? 움직였다. 나무 고양이가, 장난감이, 무생물이 움직였다. 보라 고양이는 잔뜩 털을 세운 채 달려들 기세다.

“쳇, 까칠하기는. 발로 차지는 말라고!”

‘세상에나. 지금 한 말들이 다 보라 고양이가 한 말이라고?’ 나는 몇 번이고 눈을 비빈다. 고양이가 말을 하다니 믿을 수 없다. 달걀 아저씨가 팔짱을 낀 채 말없이 고개를 끄덕인다. 지금 이런 말도 안 되는 상황을 받아들이란 얘긴가? 어리둥절하게 있는데 뒤에서 달걀 아저씨가 내게 말한다.

“학생이 초대권을 가져온 모양이군, 재리의 목소리가 들리는 걸 보니.”

“재리라고요?”

“지금 네 앞에 있는 보라 고양이 이름이야. 그리고 그 나무 조각은 이 메멘토이에 있는 모든 것들과 경계를 허물게 해주지. 그것이 고양이든 장난감이든 말이야."

"경계를 허문다?"

"이 녀석들하고 말이 통한다는 얘기야."

달걀 아저씨가 두 손으로 장난감들을 가리키며 한 바퀴 돌았다. 나는 보라 고양이를 힐끔 쳐다보았다.

"그 얘긴, 저 보라 고양이 말고 다른 인형들 마음도 읽을 수 있다는 얘긴가요?"

그제야 사방을 둘러싼 인형들의 눈동자가 반짝이는 게 보인다. 심지어 어떤 녀석들은 입 꼬리를 살짝 올린 채 생글거리기까지 한다. 그 모습이 신기하기보다는 무서워서 고개를 돌린다. 이 정도 머릿수라면 내가 아무리 날고 기어도 불리하다.

"살 건 없네요. 다음에 올게요."

"언제든 오렴. 하지만 신중하게 생각해야 해. 기억을 가공하는 일은 때때로 중독될 수도 있으니까 말이야."

"중독되는 것은 나쁜 거 아닌가요? 더 볼 필요도 없겠네요."

시큰둥한 표정을 짓고 가게를 나서려는데 달걀 아저씨가 웃으며 한마디 던진다.

"그렇지. 어쩌면 다시 안 보게 해달라고 기도해야 할지도 모르겠구나."

달걀 아저씨에 이어 보라 고양이 재리가 덧붙인다.

"너만의 기억은 무엇보다 소중하니까. 애써 바꿀 필요는 없어. 아픈 기억 또한 너의 한 모습이니까."

못 들은 척, 문을 열고 나오는데 끝내 보고야 만다.

험프티 덤프티가 내게 윙크하는 모습을.

할머니는 일찍부터 잠자리에 들었다. 엄마는 주말 드라마와 나를 번갈아 보면서 왜 늦었냐고 한 번 지청구를 놓았을 뿐이다. 드라마가 절정에 이르렀는지 나는 안중에도 없다. 한참 출생의 비밀이 밝혀지는 시점이라고 했다.

지금이라도 텔레비전을 끄고 엄마에게 묻고 싶다. '그럼 내 출생의 비밀은 뭔데? 나 엄마 딸 맞아? 내가 학교에서 무슨 꼴을 당하고 왔는지 엄마는 알기나 하느냐고. 나 이제 학교 안 갈 거야'라고.

"말 시키지 마. 지금 큰일 났어."

말도 안 시켰는데 엄마는 날 보지도 않고 미리부터 단속이다. 한바탕 울음이라도 터뜨리고 싶지만 그럴 수 없다. 무엇 때문에 내가 학교에서 뛰쳐나왔는지 알면 엄마가 더 상처받을 테니까.

이럴 때 아빠라도 있었으면 좋겠다. 아빠는 평소와 다른 내

안색을 보고 바람이나 쐬자며 낙산에 가자고 할 것이다. 아빠와 딸은 나란히 길을 걷겠고, 난 아무렇지 않게 학교 일을 말한다. 그럼 아빠는 머슴애 같은 내 말투에서 미세한 떨림을 알아챌 거다. 언제나 그러셨으니까. 그런 뒤 말없이 내 등을 다독여주실 테고 난 어린애처럼 엉엉 울었을 텐데, 정말 그랬을 텐데…….

엄마를 뒤로 한 채 할머니 옆에 파고들어 눕는다. 그러고는 이불을 머리끝까지 덮는다. 길쭉한 키 때문에 삐져나온 다리가 시리다. 그런 두 종아리를 엄마가 두 손으로 주무른다.

'쳇, 텔레비전 보고 있었던 거 아냐?'

이불을 들치고 꽥, 소리를 내지르려다 만다. 따뜻하지만 거친 엄마 손이 불편한 내 마음을 긁는다.

텔레비전 속 남자주인공이 소리친다.

"난 도대체 어디서 온 거에요. 나란 존재는 무엇이죠?"

거 참, 말 한번 잘했다. 내가 엄마에게 묻고 싶은 걸 대신 물어주다니.

엄마는 더욱더 내 발을 꼭 쥔다. 나는 아랑곳하지 않고 옆으로 돌아눕는다. 엄마 손을 떼어내려고 발가락까지 꼼지락거린다.

'난 도대체 무얼까? 어디서 왔고, 어디로 갈까?'

뜬금없이 대답도 할 수 없는 이상한 질문들이 머릿속을 가득 채운다. 애써 어린 시절의 기억들을 떠올려보기도 한다. 그런 기억의 파편들이 내 존재를 누군가에게 말해줄 수 있을까? 그렇다면 그리 떳떳한 말은 되지 못할 것만 같다. 왠지 자신이 없어져 눈을 질끈 감는다.

막장 드라마보다 더 파란만장한 하루를 보냈더니 온몸에 힘이 빠진다. 눈을 감으면 백 년이 아니라 천 년도 거뜬히 자고 일어날 수 있을 것만 같았다.

일요일 아침.

눈을 뜨자 엄마는 목욕탕에 가고 없다. 휴일 오전이 제일 바쁠 때라 새벽부터 나갔나보다. 꿈을 꾸지 않아서인지 몸이 가뿐하다.

할머니는 크레파스로 그림을 그린다. 어린아이처럼 신 나서 흰 종이에 사람들과 마을을 삐죽빼죽 그려댄다. 매번 똑같은 그림이라 한두 번 곁눈질하다가 만다.

오늘은 내가 온종일 할머니를 봐야 하는 날이니 밥부터 지어야 한다.

전기밥솥에 쌀을 얹고 취사버튼을 누른다. 때가 되면 알아서 칙칙 소리를 내며 멈출 테니 끼니는 전기밥솥에게 맡긴다.

다음은 엄마가 미리 해놓은 김치전 반죽을 한 국자 떠서 프라이팬에 고루 뿌린다. 이건 좀 난이도가 높다. 적당히 부치면 될 줄 알았는데 주홍색 밀가루 반죽이 바닥에 막 눌어붙는다. 나무주걱으로 끝을 살살 긁어내려 해도 한번 눌어붙은 부분은 좀처럼 떨어지질 않는다.

탄내가 나자 할머니가 그림을 던져두고 내 옆에 달라붙어 손을 뻗는다.

"할머니 잠깐만요. 김치전이 완전 떡이 됐다고요."

한 손으로 할머니를 붙잡고 다른 손으로 타들어 가는 김치전을 뒤집는다.

부침개는 점점 본래의 모습에서 벗어나 프라이팬 그 자체가 되어간다.

일단 가스레인지 불을 끄고 부침개의 탄 부분을 떼어낸다. 아쉬운 대로 그나마 모양이 괜찮은 부침개만 접시에 담아놓고 맛김과 두부 조림, 깻잎을 꺼내 밥상에 올린다.

때마침 전기밥솥이 금방이라도 하늘로 튀어 오를 듯 증기를 내뿜는다. 할머니에게 턱받이를 씌운다.

"할머니, 오늘은 무슨 메달 줄까?"

두 팔을 허우적거리며 아이처럼 좋아하는 할머니.

"금메달!"

"금메달은 할머니 거, 아리 거는 무슨 메달?"

"아리도 금메달!"

서툰 음식 솜씨에 은메달을 줄 법도 하지만, 할머니는 언제나 내게 금메달을 준다.

'그래, 할머니 좀만 기다려. 내가 진짜 금메달 따서 좋은 대학도 가고 할머니 호강도 시켜줄 테니까.'

할머니는 벌써 숟가락과 젓가락을 곤봉처럼 휘두르며 식사를 한다. 떡처럼 되어버린 부침개를 입에 잔뜩 넣고 아주 오랫동안 우물거린다. 할머니는 내가 맛을 보기도 전에 부침개를 다 해치웠다. 부침개에 조금씩 붙어 있던 탄 부분이 괜히 할머니 건강을 상하게 할까 염려스럽다.

문득 '할머니는 지금 행복할까'라는 생각이 든다. 과거의 기억을 모두 잃은 채 마냥 웃고 있는 모습이 쓸쓸해 보이지만 한편으로는 편안해 보인다. 할머니께 지금 어떠냐고 묻고 싶었다. 하지만 묻는다고 해도 곧 잊어버리겠지.

밥상을 치우고 설거지를 한다. 할머니는 다시 그림을 그린다. 이번에는 여러 개의 동그라미를 그린다. 크기와 색깔이 다른 동그라미가 징검다리처럼 하늘에 닿아 있다.

"할머니 이건 뭐야?"

할머니는 잔뜩 몰입했는지 아무 말씀이 없다. 그림 속 집 안에는 주홍색, 노란색, 살구색, 빨간색 동그라미가 비눗방울처럼 날아다닌다.

한참을 들여다보고 있자니 무엇인지 알 것도 같았다. 그건 바로 김치전과 금메달, 동그란 내 얼굴과 해님이었다.

이때 갑자기 수돗물 소리를 뚫고 날아드는 노크 소리가 들렸다. 소리는 점점 커졌다. 이 시간에 엄마는 목욕탕에서 일하고 있을 때였다.

고무장갑을 낀 채 우선 창문을 슬그머니 열어본다.

키가 훤칠한 정민이가 우두커니 서 있었다.

문을 열어줄까 말까. 별별 생각이 다 든다. 아예 모른 척하고 열어주지 말까. 아니면 쉰 목소리로 아프니까 다음에 보자고 할까. 지체할수록 정민이는 문짝을 아주 부숴버릴 기세다.

"알았어, 알았다니까."

빠끔 문을 연다. 추리닝 바지에 하얀 반팔 티만 걸친 정민이가 앞에 서 있다. 마주 보기가 불편하다. 문을 반쯤 연 상태에서 머리카락을 꼰다. 정민이가 문고리를 잡아채더니 확 열어젖힌다.

정민이가 다짜고짜 소리부터 내지른다.

"야, 채아리!"

"왜?"

"너 정말 그러기야?"

'그러기는 누가 뭘 어쨌다고? 날 모른 척하고 지나간 건 너란 말이야. 이정민, 너 때문에 내가 얼마나 상처받았는지 알아? 학교도 가기 싫어질 정도로 말이야.' 마음 속에 담아 둔 말을 하고 싶었지만 꾹 참는다.

"내가 뭘……."

"맘에 안 드는 거 있으면 말해. 그날 겨루기 때도 그렇고."

"그냥, 그게 뭐. 내가 좀 과격하잖아."

"나와 봐. 걸으면서 얘기하자."

"안 돼, 한창 설거지하던 중이야. 할머니도 혼자 계시고. 그냥 여기서 얼른 말하고 돌아가."

정민이는 한동안 이해할 수 없다는 얼굴로 날 노려본다. 눈싸움이라면 자신 있었지만 고개를 돌린다.

빨간 고무장갑에서 물이 뚝뚝 떨어진다. 나는 정민이 따위 안중에도 없다는 듯이 물방울을 발로 톡톡 튀긴다. 정민이가 말한다.

"상희 때문에 그러니?"

마음이 복잡하다. 이 미묘한 마음은 도대체 뭘까? 정민이가 상희 옆에 있는 걸 상상만 해도 속이 뒤틀린다. 하지만 우린 아무 사이도 아니지 않은가. 인정하긴 싫지만 이제 막 나도 녀석이 보이기 시작했는걸, 남자로서 말이다. 퉁명스럽게 되묻는다.

"상희가 뭘 어쨌는데?"

"걔가 나 좋아하는 것 때문에……."

정민이가 얼굴이 빨개져서 고개를 숙인다. 점점 수상해진다.

'정민아, 내 앞에서 다른 애 생각하면서 그런 얼굴은 하지 말아줘.'

정민이의 팔뚝에 솟은 힘줄이 오늘따라 유난히 푸르게 보인다. 뭐라고 쏘아줄까.

"그 애가……."

목소리가 마구 떨려온다. 흔들리는 모습을 보여서는 안 된다. 큼큼, 헛기침 한 번 하고 목소리를 가다듬는다.

"그 애가 널 좋아하는 게 도대체 나랑 무슨 상관인데?"

정민이도 무슨 말을 할지 모르겠는지 침만 삼켜댄다. 이번엔 정민이 울대뼈가 눈에 들어온다. 정말 남자가 다 됐구나. 난 아직 천방지축 왈가닥인데. 상희처럼 몸매도 잘 빠지지 않고, 여성스럽지도 않은 그저 천둥벌거숭이일 뿐인데 말이다.

그간 정민이가 나한테 잘해준 것도 그저 동성 친구 같은 편한 느낌 때문이 아니었을까. 그래, 우정 같은 거다. 하지만 차마 둘이 사귀냐고 물어보지는 못하겠다. 그걸 물어보는 순간, 내 마음이 드러나는 것은 물론 한없이 비참해질 것 같으니까.

"이거 주려고……."

정민이가 손을 내밀어 작은 비닐봉지를 건넨다. 투명한 비닐 안에 갈색 알갱이들이 담겨 있다. 또 무슨 초콜릿을 주려나? 하지만 너무 작았다. 사탕이라면 건빵에 들어 있는 별 사탕 정도?

"씨앗이야. 노랑별꽃 씨앗."

"왜 이걸 나한테 주는데?"

"물을 조금씩만 줘도 예쁘게 자랄 거야. 정말 어린 왕자에 나오는 별들처럼 자랄지도 몰라. 그러니까……."

나도 모르게 정민이의 손을 툭 친다. 비닐봉지가 땅바닥에 떨어진다. 이게 아닌데. 하지만 나는 또 마음을 숨긴채 차갑게 말한다.

"이런 거 필요 없으니까, 그만 가줄래?"

"너 정말……."

정민이가 무슨 말을 하려고 입을 벙끗하다가 만다.

'무슨 말이라도 더 해주렴. 정민아. 실은, 실은 말이야. 너한테 할 말 무지 많거든. 묻고 싶은 것도 많고, 따지고 싶은 것도 많아. 상희 그 계집애랑은 도대체 어떻게 된 거야. 그리고 지금껏 난 너에게 뭐였어.'

입은 떨어지지 않고 표정은 더 굳어간다. 정민이도 체념했는지 돌아선다.

"알았어, 갈게. 학교에서 봐."

정민이가 뒤돌아선 채 오른손을 흔든다. 추리닝 바지에 두 손을 찔러넣고 털레털레 뛰어간다.

정민이가 골목 모퉁이에 이를 때까지 시선을 뒷모습에서 떼지 않는다. 정민이가 길 끝에서 잠깐 머뭇거린다. 돌아보려는 걸까. 나도 집에서 한 발 나선다. 하지만 정민이는 끝내 돌아보지 않고 사라진다.

바닥에 떨어진 노랑별꽃은 아직 그대로 있다. 이 작은 알갱이가 노랑별꽃이 된다고? 문득 메멘토이에서 흘러나오던 노란 불빛이 떠오른다. 이상한 나라를 압축해놓은 것 같은 특이한 가게라고나 할까.

가슴이 아려온다. 왜 이렇게 쓰리고 답답할까. 할 수만 있다면 정민이의 기억부터 조금 덜어내고 싶다. 녀석이 나에게 잘해주었던 기억만큼이라도. 정말 작은 별꽃같이 조그만 기억만큼이라도.

기억의 회오리

월요일 아침은 오고야 말았다. 무거운 가방을 메고 집을 나선다.

메멘토이에 들르기 전, 방 감독님한테 전화해서 훈련에 늦겠다고 말해둔다. 방 감독님은 수염을 긁으며 아리 넌 이번 시합에 안 나가니 수업이나 들어가라고 한다. 나는 그래도 훈련이 우선이라며 물리치료를 받고 체육관으로 가겠다고 박박 우겼다.

"그러니까 지금 수업 들어가기 싫어서 담임한테 뺑을 쳐달라 그거구먼."

방 감독님이 텁석부리를 긁으며 말한다.

"담임이 며칠째 행방불명이라서 말할 사람이 없어요. 그러니까 교무 주임한테…….”

“파혼이 힘들긴 힘든가보군…….”

“네?”

“아니, 아니야. 알았으니까. 그렇게 하도록.”

방 감독님이 전화를 끊는다. 그런데 지금 파혼이라고 했나? 곧 오월의 신부를 얻는다며 좋아하던 담임의 얼굴이 떠오른다.

우리 담임의 이름은 송장인. 그는 국어수업 시간에 시를 읽어주다가도 곧잘 멍하니 상념에 빠져들곤 했다. 그 얼빠진 모습 때문에 어떤 아이들은 담임을 송장풍이라고 불렀다. 송장 같기도 하고 장풍 맞은 사람 같다고도 하여 붙여진 별명인데 이름 그대로 불러도 느낌이 크게 다르지 않아 난 꼭 송장인 담임 샘이라 칭했다. 남자아이들은 시트콤 배우 흉내를 내면서 장인어른이라고 부르기도 했다.

체육 선생이면서 태권도부 감독을 맡고 있는 방 감독님의 이름은 방장구. 별명은 방장, 장구벌레, 방구장이로 불렸는데 방 감독님 스타일이 고스란히 담긴 그대로였다.

방장구와 송장인 샘은 이름 가운데 ‘장’자가 들어가서 어감은 비슷했지만 이미지와 성격은 천지 차이였다. 어떤 아이들은 송장인이 맞은 장풍은 분명 방장구가 쐈을 거라고 쑥덕거렸다.

아무튼 이제 학교 사람들은 다 꼴도 보기 싫다. 할 수만 있다면 메멘토이에서 기억 몇 개를 지워버리고 싶다. 그래서 조금이라도 나아지면 아무렇지 않게 교실에 들어서거나, 그래도 기분이 찝찝하면 그때는 정말 땡땡이라도 쳐버릴 테다.

먼발치에서 학교 뒷문 근방을 살핀다. 이른 시간이긴 했지만 띄엄띄엄 아이들이 보인다. 나무 뒤에 숨어 지나갈 때를 기다린다. 십 분쯤 흐르자 골목이 한산하다. 이때다. 주위에 사람이 없는 걸 확인하고 전력질주를 한다. 갑자기 뛰어선지 숨이 턱에 닿았다.

가쁜 숨을 고르며 조용히 가게 문을 열었다. 하지만 메멘토이는 비어 있었다. 달걀 아저씨도, 보라 고양이 재리도 보이지 않는다. 근데 왜 이렇게 문을 열어두었을까.

진열된 장난감들을 살핀다. 인형들이 혹여 말이라도 거는 게 아닐까 내심 불안하다. 다행히 아침잠에서 깨진 않았는지 조용하다.

아니나 다를까 훌쩍훌쩍 우는 소리가 들려온다. 이번엔 어딜까. 주변을 둘러본다. 볼에 하얀 눈물 자국이 난 못난이 인형이었다. 1970년대에나 썼을 법한 낡은 텔레비전 위에 나란히 앉은 못난이 인형 셋이 어깨까지 들썩이며 소리를 높인다.

"내가 쓴 시 좀 들어 봐주지 않을래?"

"내가 썼다니 우리가 썼지."

"입들 좀 다물어! 여자 애 대답이 들리지 않잖아."

못난이 인형 셋이 앞다투어 말을 한다. 이제는 인형이 시까지 쓰다니. 지긋지긋한 작문 시간이 떠올라 몸서리가 쳐진다. 못난이 인형 셋은 대답을 기다리며 날 올려다본다. 들어주지 않으면 볼에 붙은 흰 눈물이 마구 흘러내릴 것만 같다.

"그런데 주인 아저씨랑 고양이는 어디 간 거야?"

"시 낭송 후에 말해줄게, 얘기할게, 귀띔할게."

각각 말끝을 달리하여 차례로 대답하는 못난이 인형들. 내가 말이 없자 서로 눈빛을 주고받더니 다짜고짜 자신들이 쓴 시를 낭송하기 시작한다. 송장인 샘이 이런 풍경을 본다면 정말로 산송장이 되어 쓰러지겠지.

"제목, 못난이 이야기."

"글쓴이, 못난이 삼 남매."

"잠깐! 형식은 9연 20행."

형식까지는 서두에 말할 필요가 없는데도 세 번째 못난이가 굳이 끼어들어 토를 달았다. 나머지 두 못난이가 눈총을 주자 세 번째 못난이 인형은 시치미를 뗀다. 이윽고 한 연씩 돌아가면서 읽기 시작한다.

불량 인형이 울먹인다
달고나와 뽑기
쫀드기에 라면땅

두 볼에 그득 물고
아빠 어디 갔냐 물으면

가부좌 틀고 화답하는 못난이
넌 버려지려고 태어난
존재는 아니잖니

팔각상자 안에서
불붙기 시작한 성냥개비처럼

가슴에 박힌 별똥을
막 삼켜낸 달 표면처럼

맨발의 등신불이 저를 보는 이들의
슬픔을 다 받아내려는 듯

낡은 텔레비전 위에 올라
스스로를 유기한다

포장을 뜯기 전 찰흙 같은 꿀을
다시 가질 수 있을까

한때 사람이었던 변검술사들
흰 눈물점 씰룩이며 웃는다

'오, 제법인데?' 다시금 못난이 인형들을 훑어본다. 하루 종일 진열대에 앉아 시를 짓고 있는 장난감 삼 남매의 모습이라니! 못난이 인형들이 또랑또랑한 눈으로 날 올려다본다. 감탄한 티를 내면 또 다른 시를 밑도 끝도 없이 읽어나가겠지. 헛웃음보다도 헛기침이 앞선다.

"그런데 시는 누가 가르쳐준 거니?"

할 말이 없을 땐 질문 공세가 약이다. 못난이들이 돌림노래를 부르듯 연달아 대답한다.

"재리가, 고양이가, 보라색 시인이."

"고양이가? 웃기지 말아줄래?"

시의 마지막 구절이 마음에 걸린다. 한때 사람이었던 변검술사들이라고? 셋 다 표정이 다르니까 가면을 바꿔 쓰는 재주를 부리는 변검술사에 비유한 건 그렇다 치자. 사람은 또 무슨 소리일까?

"너희가 사람이었니?"

무심코 되묻자 못난이 인형들은 그대로 합죽이가 된다. 아 참, 그나저나 지금 이러고 있을 때가 아니지. 달걀 아저씨와 보라 고양이를 봐야하니까.

"알았어. 묵비권을 행사할 권리를 줄게. 대신 시 낭송 들어 주었으니까 달걀 아저씨가 어디 갔는지 말해줘."

못난이 인형들은 여전히 입을 다문 채 엄지손가락을 뻗어 아래를 가리킨다. 녀석들이 입을 다무니 더 이상 우는 소리는 들리지 않는다. 험프티 덤프티가 킥킥 웃음 참는 소리만 가끔 들려올 뿐.

바닥에 나무 뚜껑이 있다. 가게 아래에 지하실이 있는 걸까. 뚜껑을 슬그머니 열었다가 닫고는 심호흡을 한다.

이 문을 열면 정말 토끼 굴으로 들어갈 것만 같았다. 가게에 들어온 건 그렇다 쳐도, 이대로 뚜껑을 열면 돌아올 수 없는 나라로 빨려 들어가는 게 아닐까? 에라, 모르겠다. 학교 가는 것보단 낫겠지.

눈을 질끈 감고 나무 뚜껑을 연다.

어두컴컴한 지하실에서 곰팡냄새가 풍겼다. 눅눅한 마분지 냄새도 났다. 독후감 숙제 때문에 딱 한 번 가봤던 학교 도서관 냄새였다.

나무 계단의 난간을 두 손으로 부여잡고 옆으로 한 발씩 내딛는다. 한 발 내디딜 때마다 종이 쪼가리가 밟힌다. 한 장 집어 들여다보니 무슨 주문서처럼 보였다.

기억 상실증에 걸린 오빠의 기억을 찾아주세요.

앨범을 동봉합니다.

날림 글씨로 받아 적은 주문 내역 같았다. 달걀 아저씨는 그 밑에 동일한 필체로 적어놓았다.

사진 속의 인형들 준비, 4월 5일 아홉시.

또 한 장을 집어서 보니 '초등학교 때 학대 받았던 기억을 지워주세요'라는 문구 아래 '삼촌이 휘둘렀던 효자손 휴대, 4월 7일 일곱시'라는 글씨가 꼬리를 물었다.

삐걱거리는 계단을 다 내려서자 한쪽에 끈끈이주걱처럼 생긴 분홍색 소파가 놓여 있었다. 말랑말랑해 보이는 소파 위에 보라 고양이 한 마리가 웅크리고 있었다. 고양이의 눈에서는 노란 불빛이 새어나오고 있었다.

소파가 놓인 벽면을 제외한 내벽에는 온통 책장으로 둘러싸였고, 안에는 고서뿐 아니라 희귀한 퍼즐과 장난감이 빽빽하게 자리를 차지했다.

인기척을 느낀 보라 고양이가 날 올려다본다.

"어? 어떻게 여길 찾았네."

"뚜껑만 열면 되는걸?"

"그 토끼 굴도 아무나 볼 수 있는 건 아니거든."

"괭이 굴은 아니고?"

보라 고양이가 웃는다. 어디선가 달걀 아저씨의 목소리도 들린다. 하지만 지하실엔 책장 외에는 아무것도 보이지 않는다.

"옆방이 또 있나?"

내가 두리번거리자 보라 고양이가 속삭인다.

"달걀 아저씨는 지금 문과 문 사이에 있어."

"방이 또 있어?"

"문이 꼭 방에 붙어 있어야만 하니?"

"그럼 어디에 있단 말이야?"

"하얀 방, 아니 하얀 문틈이라고 할까."

그때 달걀 아저씨의 목소리가 들려왔다.

"아리야, 거기 큰 곰 인형 좀 가져다줄래?"

달걀 아저씨는 다시 낮은 목소리로 뭔가를 중얼거린다. 보라 고양이가 바짝 다가와 속삭인다.

"기억을 이식하는 중이야."

"기억을?"

"응, 사랑 받았던 기억."

그런 것도 만들어낼 수 있단 말인가? 신기해서 달걀 아저씨의 목소리에 귀 기울인다.

"여섯 살 때…… 곰 인형을…… 크리스마스이브 때, 머리맡에서……."

달걀 아저씨는 잠에 취한 목소리로 나긋나긋 말했다. 잠시 뒤 달걀 아저씨가 박수를 세 번 치자 소파 맞은편에 놓인 책장과 책장이 승강기 문처럼 열렸다.

이윽고 안에서 하얀빛이 새어 나왔다. 너무 하얘서 뭐가 뭔지 분간할 수 없을 정도였다. 사물의 윤곽이나 공간의 경계를 가늠할 수도 없었다. 그때 보라 고양이가 말했다.

"눈을 감고, 네가 한 번쯤 가고 싶었던 곳을 떠올려보렴. 그리곤 천천히 눈을 떠봐."

지그시 눈을 감아본다.

감은 눈꺼풀 안쪽으로 말간 빛살이 날아든다. 그 빛살 속에서 하나의 풍경을 떠올린다.

꼭 한번 되돌아가고 싶었던 곳. 시골 할머니 댁의 작은 뒤란이 보인다. 아빠가 돌아가시고 할머니를 서울로 모시기 전에 온 가족이 찾곤 했던 시골이다.

돌담이 둘러싼 뒤란엔 포도 넝쿨, 오이 넝쿨, 호박 넝쿨, 수세미 넝쿨 등, 넝쿨손이란 넝쿨손은 다 모여 있었다. 그걸 타고 올라가면 언젠가 재크처럼 구름 위에 올라설지도 모른다고 생각했다.

한여름 밤, 풀과 나무들 틈에서 저희끼리 빛으로 새살거리던 반딧불을 잡던 기억도 떠오른다. 불빛을 좇아 반딧불을 손으로 감쌌는데, 한참을 들여다봐도 빛이 보이지 않아 놀라서 울던 기억이 떠오른다.

아빠는 그런 내 등을 다독이며 손을 펴보라고 했다. 손을 펴자 다시금 푸른 벌레가 반짝이기 시작했다.

"얘가 먹고사는 건 자유란다. 아리 너처럼 말이지."

"요 반딧불이가?"

"응, 아리 너도 웃을 때 빛이 나는 거 몰라?"

"정말? 말도 안 돼."

"그런데 누가 커다란 손으로 널 가두면 더 이상 웃지 않겠지? 얘들도 풀숲에선 모두 골목대장이란다."

나는 금방이라도 울음을 터뜨릴 것 같은 얼굴로 아빠를 올려다보았다. 아빠는 그런 나를 가만 안아주었다. 여름밤인데도 아빠의 품은 덥지 않았다.

이때 보라 고양이가 속삭인다.

"준비 됐니?"

"응."

"그러면 이제 그대로 눈을 떠보렴."

눈을 뜬다.

하얀 빛살 사이로 초록빛이 새어든다. 수채화를 그리던 붓을 물감 통에 풀었을 때처럼 알아볼 수 없는 형체가 저희끼리 헤쳐 모인다. 그곳에서 하나의 그림이 솟자, 그림을 붙들고 다음 그림이 삐져나온다. 그렇게 넝쿨손과 나무가 차례로 피어오른다. 은은하게 풀 냄새도 난다.

지금 이 상황을 어떻게 받아들여야 할까.

머지않아 하얀 문들의 틈새는 풋풋한 뒤란으로 바뀌었다.

나무와 나무 사이에 매어놓은 기다란 그네 의자 앞 나뭇등걸에 달걀 아저씨가 앉아 있다. 아저씨는 날 발견하고는 가까이 오라며 손짓한다. 내가 다가서자 귀에 대고 속삭인다. 귓불이 간질거린다.

"문 밖에 있던 곰 인형은 가져왔니?"

돌아보니 문 너머로 메멘토이 지하실이 보인다. 거꾸로 흑암이 눈부실 지경이었다. 다시 눈을 질끈 감자 색색의 파스텔 가루가 눈꺼풀 안쪽에서 번진다.

얼마간 눈두덩을 비비며 눈을 깜빡였을까. 어둠이 눈에 익자 바깥세상의 책장 한쪽에 큰 곰 인형이 보인다. 두 팔 가득 안으면 가슴까지 꽉 찰 것 같은 곰 인형이었다. 나 역시 크리스마스이브 때 아빠에게 곰 인형을 선물로 받은 적이 있다.

"어? 아리야. 집에 들어오다 산타클로스 할아버지를 만났는데, 이 곰 녀석 좀 너한테 전해달라고 하시네?"

아빠의 말을 믿고 싸락눈 내리는 겨울밤에 집 앞 골목을 샅살이 뒤졌던 초등학교 때가 떠오른다. 그 후 그 곰 인형에게 '곰봉이'라는 이름을 붙여주었다. 그 후 학교 가는 것도 잊고 곰봉이와 뒹굴며 놀다가 엄마에게 자주 혼났다.

초등학교를 졸업하던 해, 엄마가 너무 낡았다며 곰봉이를 동네 쓰레기통에 버렸던 일도 생각난다. 학교 끝나고 집에 오는데 아이들이 덩치 큰 곰 인형을 말처럼 타고 노는 것이 보였다. 녀석들에게 둘러싸여 잘 보이진 않았지만 분명하게 곰봉이의 목소리를 들을 수 있었다.

'아리야, 살려줘…….'

엉엉 울면서 동네 아이들을 쫓아낸 뒤 곰봉이를 껴안고 얼마나 울었던가.

이후로 난 인형을 갖고 놀지 않았다. 그리고 버려진 곰 인형들이 모여 있는 별이 어딘가에 있을 거라고 굳게 믿기 시작했다.

나는 지하실 구석에 놓인 커다란 곰 인형의 팔을 잡아끌어 달걀 아저씨에게 주었다.

그네 의자에는 달걀 아저씨와 비슷한 생김새의 파마머리를 한 통통한 아줌마가 누워 있었다. 달걀 아저씨는 곰 인형의 손을 끌어다 아줌마에게 쥐여준다.

"엄마, 아빠에게 이 인형을 선물로 받게 됩니다. 당신은 기뻐서 폴짝 뛰어오릅니다."

달걀 아저씨의 말에 눈을 감은 아줌마의 입꼬리가 살짝 올라간다. 심지어 어린아이 목소리로 웃으며 소리친다.

"고맙습니다! 나 이 곰 인형 꼭 갖고 싶었어."

달걀 아저씨도 덩달아 환호한다. 아저씨가 날 보고 눈짓하자 나도 같이 박수를 친다. 보라 고양이는 드러누운 채 네 발로 박수를 쳐댄다.

아줌마가 웃음을 머금고 눈을 뜬다. 두 눈이 보는 곳이 다르다. 한쪽은 달걀 아저씨를 보고, 한쪽은 나를 보는 느낌이랄까. 약간 사시가 있는 듯했다. 일어서던 아줌마가 잠시 중심을 잃고 휘청거린다. 달걀 아저씨와 내가 동시에 손을 뻗는다.

문밖에서 보라 고양이가 소리친다.

"안 돼, 아리야. 만지지 마!"

하지만 난 이미 아줌마의 팔을 잡아 부축한 뒤였다. 달걀 아저씨도 놀란 눈으로 날 본다.

'왜 그러지?'

초록 물감이 스러지고, 밤색 물감이 번진다. 내가 있던 공간이 메멘토이의 어안렌즈에 비친 장난감처럼 이지러진다. 밤색 물감에서 다시 회색 물감이 피어오른다. 뒤란은 금세 다락방으로 바뀐다.

"아줌마의 공간이란다. 네가 아줌마의 팔을 잡는 순간 문의 경계가 엷어진 셈이지."

달걀 아저씨가 아줌마의 한 팔을 단단히 붙든 채 무언가를 중얼거렸다. 그러자 다락방이 다시 뒤란으로 돌아왔다. 안정을 되찾은 아줌마가 하얀 문을 지나 세상 밖으로 나갔다.

기억 이식이 끝나고 달걀 아저씨가 아줌마를 배웅하러 지상 세계로 올라간 사이, 보라 고양이가 내게 말했다.

"어떤 기억은 사람에 따라 다른 의미를 주지. 사랑했던 기억이 어떤 이에게는 추억으로 남지만, 어떤 이에게는 상처로 남는 것처럼."

"그렇지만 아줌마의 다락방은 너무 무서운걸?"

"아줌마에게는 그보다 더 안락한 기억은 없어."

"그런데 아줌마는 왜 곰 인형을 택한 거야? 오히려 내겐 슬픈 기억이 얽혀 있는데……."

"거 봐."

"뭐가?"

"아줌마는 고아여서 사랑을 받아본 기억이 없어. 어릴 적 친척 집에서 홀대받으며 자랐지. 자신이 꿈꿀 수 있는 유일한 공간은 자신만의 다락방뿐이었던 셈이야."

"그래서?"

"그때 아줌마가 간절히 원했던 건 친구였어. 다락 쪽창으로 내려다본 바깥에는 친구들이 많아 보였을 거야. 하지만 매정한 친척들은 아줌마가 창피한지 밖으로 내보내지도 않았어. 일찌감치 사람들과 관계 맺기를 포기한 아줌마가 유일하게 꿈꾼 것은 곰 인형 친구였고."

"그렇게라도 친구를 만들고 싶었던 건가?"

"그렇게라도 살고 싶었던 거겠지."

지금쯤 곰 인형들의 별에서 날 지켜보고 있을 곰봉이가 떠오른다. 나는 곰봉이에게 어떤 모습으로 기억되고 있을까. 행여나 서운한 감정이 들게 한 건 아닐까.

지하실로 들어서자 책장 문이 절로 닫힌다.

"기억 인형, 혹은 기억 사물은 가져온 거니?"

보라 고양이는 내가 올 줄 알고 있었던 것 같다. 가방에 넣어두었던 초콜릿 금메달을 꺼낸다. 안에 것은 다 먹고 금박은 따로 보관해두고 있었다.

"알만하군. 남자친구한테 받은 거지?"

"나를 귀찮게 하는 놈이 있거든."

보물 2호였던 메달을 들어 흔들어 보인다. 정민이가 내게 준 초콜릿 금메달. 상희가 정민이의 옆자리를 차지한 이상 더는 의미 없는 껍데기일 뿐이다.

또 부아가 치민다. 상희보다 정민이가 더 밉다. 그까짓 기억들, 혀로 초콜릿 녹여 먹듯이 없애 주리라. 보라 고양이가 목소리를 낮춰 말한다.

"한 가지 말해두지만, 기억은 네 몸 일부나 마찬가지라는 걸 명심해. 싫다고 마냥 떼어내는 게 좋은 일는 아니라는 얘기야.

고흐처럼 귀를 잘라버리면 사람 꼴이 아닌 것처럼, 잘라내고 잘라내면 결국 존재도 사라지는 것을 말이야. 한때 금박 속에 있던 초콜릿처럼."

'뭔 소린지.' 이렇게 된 마당에 알아먹을 수 없는 소리를 늘어놓는 걸까? 더 듣지도 않고 대꾸한다.

"기억이 무슨 몸뚱이라도 되니? 잘라내게. 잔말 말고 빨리 시작이나 해."

어느새 아줌마를 보내고 온 달걀 아저씨가 내 뒤에 서서 보라 고양이의 말을 거든다.

"차라리 몸은 잘라내면 아물지만, 기억은 아물지 않는데도?"

"저는 맹장처럼 떼어낼 필요도 있다고 생각해요."

"그렇긴 하지만……."

"지금은 아무 생각도 하고 싶지 않아요. 얼른 여기에 얽힌 기억을 지워주세요."

달걀 아저씨의 옆머리가 말려 올라가 하늘거린다. 날갯짓하는 것 같다. 이대로 아저씨가 붕 떠올라 천장에 머리를 부딪치는 상상을 해본다. 혼자 킥, 웃고는 시치미를 뗀다. 심각한 상황인데 왜 이러는지 모르겠다.

하지만 정작 기억의 일부분을 지운다고 하니 께름칙하다. 아저씨와 보라 고양이도 난감해하는 눈치다. 그래놓고 가게를 홍보하는 전단지는 왜 써 붙인 건지 이해가 가지 않는다.

나는 가지고 있던 금메달 모양의 금박 껍데기를 달걀 아저씨에게 건넨다. 그러자 달걀 아저씨가 묻는다.

“이건 어디서 난 거니?”

“정민이라고, 제 친구가 저한테 준 거에요. 밸런타인데이 때…….”

아저씨는 금메달 껍데기를 감정하듯 이리저리 살피고 만져 보더니 빤히 날 올려다본다.

“정말 괜찮겠니?”

“네, 정민이가 나에게 잘해줬던 기억, 그것만 없어도 견딜 수 있을 거 같아요. 훈련에 지칠 때마다 집까지 가방을 들고 바래다주던 모습, 부은 발목에 파스를 붙이며 호호 불어주던 모습, 울 아빠 돌아가셨을 때 나서서 궂은 일 도맡아 하던 모습, 마지막으로…….”

“마지막으로?”

“밸런타인데이 때 이 메달을 저에게 줬어요.”

달걀 아저씨는 다 알겠다는 표정을 지으며 고개를 끄덕인다. 그러고도 마음에 걸리는지 금박 껍데기를 계속 만지작거린다.

문득 궁금해지는 것이 있어 달걀 아저씨에게 묻는다.

“그런데, 이 기억들을 아저씨가 사면 누구에게 팔지요?”

달걀 아저씨는 어울리지 않게 쓸쓸한 표정을 지었다.

"내가 볼 때 이건 사랑이구나. 사랑의 기억을 찾는 사람이 얼마나 많은데. 특히 너처럼 착하고 소소한 사랑은 소중하고 또 희귀하지."

"이런 게요?"

"홈페이지에 공고하면 아마 해외에서도 찾아올지 모르겠구나. 정말 이 소중한 걸, 괜찮겠니?"

"네, 그렇게 해서라도 제 마음이 편해질 수만 있다면요. 아프지 않다면 말이에요."

"후회하지 않을 수 있겠어?"

보라 고양이가 앞발로 내 양말을 잡아끈다. 나는 가만히 발을 빼면서 말한다.

"후회도 아프지 않아야 할 수 있는 거잖아."

"그래, 그러자꾸나."

달걀 아저씨가 엄지와 중지를 맞비벼 딱 소리를 내자 지하실 책장이 열린다.

다시 시골 뒤란이 보인다. 마음이 한결 푸근해진다. 나는 그네 의자로 달려가 눕는다. 그네를 밀어주며 웃던 아빠가 떠오른다. 몸이 가만히 흔들린다.

달걀 아저씨가 노란 메달을 쥐고 나뭇등걸에 앉는다.

하늘거리는 메달이 꼭 시계추 같다.

낯선 세계

왠지 오늘따라 뒷문이 더 낯설다. 교정도, 1학년 4반 교실도, 내 자리도, 진이도 말이다.

아까부터 상희가 내 눈치를 살핀다. 그러고 보니 내가 지난 주에 상희에게 어이없는 액션을 취했었지. 나는 괜히 미안해서 손톱을 깨물며 딴짓을 한다. 진이가 다가와 내 책상에 걸터 앉는다.

"아리야, 너 들었니?"

"뭘?"

"송장풍 파혼당한 거."

방장구가 얼핏 흘린 말이 사실이었나. 괜히 송장인 샘이 안쓰러워진다. 그래서 반 아이들 팽개치고 어디로 내빼기라도 한 것일까. 심정은 이해가 가지만 야속하기도 했다.

진이는 두 손을 꼭 쥔 채 혼자 말하곤 혼자 상상에 빠져든다. 이번엔 또 무슨 슬픈 영화를 떠올리고 있을까. 그런 진이의 호들갑마저 낯선 까닭은 또 무슨 이유일까.

“정민이는 시합 때문에 요새 거의 안 들어오네?”

진이는 말하면서 슬쩍 내 눈치를 본다. 왜 다들 내 눈치를 보는 거지. 정민이의 빈자리를 돌아본다. 별생각이 들지 않는다. 다만 뭔가 아주 쓰면서도 애달픈 느낌이 드는 건 왜일까? 내 모습을 살피던 진이가 말한다.

“너 괜찮니?”

“뭐가?”

진이가 도리질한다. 그러더니 내 이마에 손을 얹는다. 오늘따라 진이가 더 엄마처럼 느껴진다. 우리 반에서 진이의 별명은 말 그대로 엄마다. 참견하기 좋아하고 오지랖 넓고 수다 떠는 걸 좋아하면서도 친구들을 항상 챙기는 모습 때문에 생긴 밉지 않은 애칭이다.

하지만 정작 진이에겐 엄마가 없다. 어릴 때 진이를 버려두고 집을 나간 뒤로 소식이 끊겼다고 했다. 진이 아빠는 택시 기사로 일을 하며 외동딸인 진이를 키웠다. 아빠가 새벽에도 일을 나가야 했기 때문에 진이는 늘 혼자 지내야 했다.

우리 엄마도 낮에는 할머니를 돌보고, 내가 학교에서 돌아오는 저녁에 일을 나갔기 때문에 진이 아빠와 닮은 점이 있었다.

진이는 심심할 때마다 우리 집에 놀러 왔다. 우리 할머니를 친할머니처럼 챙겨주었으며 같이 숙제를 하다가 자고 가는 날도 많았다. 밤새 남자애들이나 연예인, 대학과 꿈을 주제로 수다를 떨다가 다음 날이 되면 눈이 퉁퉁 부어 학교에서 같이 졸 때도 잦았다.

"뭔가, 조금 바람이 빠진 것 같다고나 할까?"

진이가 걱정스러운 표정을 지으며 내 눈꺼풀까지 뒤집는다.

"오버하기는."

나는 눈을 질끈 감았다 뜬다.

"그나저나 송장인 샘 괜찮을까. 어쩌다가……."

진이의 눈이 반짝인다.

"신부가 의사 집안이었다나 봐. 담임한테 딸을 위해 치과병원 차려줄 수 있느냐고 그쪽에서 계속 몰아붙였대."

"그래서?"

"아리 너도 알다시피, 우리 담임이 항상 인용하는 말이 성경에 나오는 그 뭐지, 가난한 자에게 복이 있나니였잖아. 병원이라니 가당키나 한 말이니?"

"신부 될 분은?"

"그분은 부모님의 반대에도 불구하고 담임과 꼭 결혼하겠다고 소란까지 피웠대. 둘이 캠퍼스 커플이었다나. 하지만 온 집안이 들고 일어나서 뜯어말리니까 나중엔 흔들렸나 봐…….”

“그놈의 집안 타령이라니.”

집안이 좀 못살면 어떠냐. 사랑이 중요하지. 하지만 요즘 어른들은 아닌가 보다. 드라마만 봐도 갈등의 근원은 언제나 집안 차이였다. 그런 걸 다 떠나서 나 하나만 사랑해줄 사람은 없을까 하고 혼잣말을 하자 진이가 대뜸 쏘아붙인다.

“왜 아리 너한텐 한 사람 있잖아.”

나한테 그런 사람이 있다고? 진이의 느끼한 표정을 보니 알 것도 같다. 또 내 팔짱을 끼면서 옹알거리겠지. ‘나 말이야, 나. 내가 널 얼마나 사랑하는지 알아’라고 말하면서 또 엄마 같은 소리를 할 게 뻔하다.

상희가 아까부터 날 힐끗거리더니 천천히 다가온다. 사과라도 하려는 눈치이다. 어쩌면 사과는 내가 해야 할지도 모르겠다. 괜히 민망해서 딴 곳을 보려는데 상희가 먼저 말을 건다.

“아리야, 잠깐 나 좀 볼래?”

슬쩍 상희를 엿보자 잔뜩 찌푸린 얼굴이다.

‘어? 이건 아닌데.’ 지금 서로 미안한 표정을 지을 타이밍이 아닌가.

상희가 뒷문을 열고 나가자 쑥과 썬이 창밖의 뒷산을 가리키며 눈을 부라린다. 이것들이 아직도 정신 못 차렸나?

쑥과 썬의 팔뚝 콤보가 날아든다.

오락게임에 나오는 캐릭터처럼 쉬지 않고 달려든다. 무슨 얘기도 시작하기 전에 비겁하게 달려들다니. 상희는 아주 오늘 끝장을 보기로 작정했나 보다. 그런데 내가 그날 날라차기를 했던 게 그렇게 못마땅했나?

"상희, 너 왜 그러는데?"

생각보다 쌍둥이 자매의 공격은 빠르지 않았다. 발차기는 그들 몸무게만큼 느리고 무거웠다. 그렇지만 저 손날에 한번 걸리면 그 자리에서 케이오 패를 당하고 말 거라는 걸 안다.

"참는 건 여기까지야."

태권도는 예절이 우선이니까, 먼저 선전포고를 하고 쑥과 썬의 틈을 비집고 들어가 가위차기를 날린다. 쑥의 턱과 썬의 가슴팍에 정확히 날아든 발차기가 위협적이었는지 쌍둥이가 주춤한다. 잠시 그로기 상태에 빠진 썬은 제쳐 두고 쑥에게 턴 돌려차기와 뒤후리기를 연이어 날린다. 쓱쓱 잘 피하는 쑥.

이번엔 왼발, 오른발을 번갈아가며 돌려차기를 날린다. 돌 같은 팔뚝으로 툭툭 쳐내는 쑥. 외려 내 발이 더 아프다. 그때, 썬이 정신을 차리고 뒤에서 주먹을 쭉 뻗는다. 뒤통수에 한 방을 허용한다. 충격이 장난이 아니다. 왼쪽 다리가 풀려 몸이 기운다. 비겁하게 뒤에서 공격하다니. 나는 썬에게 악을 쓴다.
"이거, 반칙이잖아. 그러고도 너희가 무도인이야?"
쑥과 썬이 주춤한다.
"손바닥과 손등이 나뭇등걸이 될 정도로 수련을 한 사람이라면 그만한 무도는 가지고 있을 터!"
예상대로 쌍둥이는 결정타를 날리지 않고 그 자리에 굳는다. 옳지, 계속 몰아붙이자.
"그것도 둘이서 말이야. 비겁하지 않니?"
쭈뼛거리며 할 말을 찾던 쌍둥이가 서로 눈짓을 주고받는다. 그러더니 쑥이 머리를 긁적이며 말한다.
"그건 그렇지, 미안하게 됐어."
"나도……."
쑥과 썬이 입을 연다. 이미지와 달리 목소리가 가늘다. 그러고 보니 쌍둥이 자매가 말하는 걸 본 적이 언제였더라. 고개를 끄덕여 화답하고는 상희에게 소리친다.
"그리고 너, 너는 언제까지 얘네 뒤에서 팔짱이나 끼고 있을 건데? 정 그렇게 내가 못마땅하면 직접 나서라고."
상희가 멈칫하더니 쑥과 썬을 채근한다.
"어서 공격해. 너희가 아리랑 승부를 내보고 싶다고 했잖아. 아리는 내 남자친구를 뺏으려고 한다고!"
쌈공주가 눈물까지 찔끔거리며 말했지만 쑥과 썬은 어찌할

바를 모른 채 머뭇거렸다. 얼굴이 벌게진 상희가 아랫입술을 깨물고 소리쳤다.

“너희도 알잖아. 그게 얼마나 못된 일인지.”

“그건 그렇지만.”

쑥이 말하자 썬이 거든다.

“아무래도 이 승부는…….”

“너희 설마 아리가 버거운 건 아니고?”

“아니야.”

썬이 말하자 이번엔 쑥이 거든다.

“2대 1, 아니 3대 1로 싸우는 것도 그렇고.”

“남의 남친 넘보는 건 안 비겁하고?”

“그렇지만…….”

“너희 아빠도 그렇게 바람나서 엄마랑 이혼한 거잖아.”

“짝!”

순간 쑥의 굵직한 손이 상희의 뺨을 올려부친다. 상희의 볼에 선명하게 빨간 손바닥 자국이 남는다. 전혀 예상치 못한 전개다. 모두가 깜짝 놀라 얼어붙어 있는데 정작 따귀를 때린 쑥이 울음을 터뜨리며 뒤돌아 달린다.

“언니!”

그 뒤를 썬이 좇아간다. 쌍둥이도 여자였구나. 팔뚝만 빼고는 두 자매가 동글동글하고 귀여운 인상을 풍겨 트위들디와

트위들덤을 떠올리게 한다. 한쪽 뺨을 감싼 채 멍하니 서 있는 상희에게 다가간다.

"너, 사람들 상처 후비는 재주가 있나 봐. 고슴도치처럼 왜 그러는데?"

상희의 눈가에 눈물이 그렁그렁 맺힌다. 눈물이 뺨을 타고 흐르자 검은 물로 변한다.

"계집애, 아이라인 좀 적당히 그릴 것이지……."

내가 한 말에 상희가 꽥 소리친다.

"그러니까, 정민이한테 떨어지라고!"

정민이? 정민이가 어쨌다는 얘긴지 통 모르겠다. 나랑 정민이 사이에 무슨 일이라도 있었나. 그저 같이 운동하는 친구일 뿐인데 말이다. 되레 웃음이 난다.

"왜 과민 반응이야? 걘 그저 친구란 말야. 정민이 같은 남자앤 한 트럭 담아줘도 안 가질 테니까, 너 다 해."

상희의 눈이 번쩍 뜨인다. 눈두덩은 아이라인이 번져 무슨 마녀 같다. 그 꼴을 보고 있자니 어이가 없어 남아 있던 힘도 쭉 빠진다. 다시 한 번 상희에게 못 박아둔다.

"내 이상형은 큰 키에 자상하고 날 항상 챙겨주는 남자거든. 정민인 아직 우유 냄새나잖아. 또 한 번 이상한 소리 하면 그땐 정말 가만 안 둘 거야."

힘없이 주저앉은 상희를 두고 먼저 언덕을 내려온다.

밑에서 기다리고 있던 진이가 한 손에 장난감 망원경까지 든 채 손을 흔든다. 누가 누구에게 주먹을 날리고 밀리는지 세세히 살피려고 어디선가 구해왔을 거다. 혹여 내가 넘어지기라도 하면 대번 교무실로 달려갔을 것이다.

그런 진이를 보며 나도 씩 웃는다.

복도에서 정민이와 부딪혔을 때, 미안하다고 먼저 말을 꺼낸 건 나였다. 그런데 이상하게도 정민이는 한참을 두리번거린다. 뒤늦게 날 발견하고는 자기가 더 미안하다며 멋쩍어 한다.

날 앞에 두고 날 찾다니. 잠시나마 내가 투명인간이라도 된 기분이다.

"정신 차려 인마."

손을 뻗어 정민이의 뒤통수를 치자, 깜짝 놀라서 토끼 눈을 뜨고 날 본다. 언제 정민이가 이렇게 컸더라. 날 내려다보는 정민이의 모습이 어색해 목만 쳐다본다. 튀어나온 울대뼈가 보인다. 목이 마르는지 정민이가 꿀꺽 하고 침을 삼킨다.

"그런데 아리 넌 괜찮은 거야?"

정민이가 묻는다. 발로 정강이를 툭 차며 쏘아준다.

"나랑 부딪혔으니 네가 더 걱정이지. 담부턴 잘 보고 다녀!"

손을 흔들고 먼저 반으로 들어선다. 그런 내 뒤를 뚫어지게 바라보는 정민이의 눈길이 느껴진다.

쑥과 썬은 아까부터 계속 엎어져 잠만 잔다. 그 주위를 상희가 수명이 다 된 인공위성의 파편처럼 맴돌고 있다. 사과할 자신이 없는지 아니면 방법을 모르는 것인지. 괜히 내가 더 답답하다.

진이는 여전히 창가에서 학교 뒷산과 뒷문 쪽을 살피는 중이다. 그렇게 바바리맨이 궁금할까. 잠시 뒤 정민이가 자리에 앉으려고 창가 뒷자리에 다가서자 진이가 퍼뜩 놀란다.

"미, 미안."

짧은 순간, 진이는 두 볼에 연지곤지처럼 홍조를 띠었다.

'요것 봐라. 진이 이 계집애도 설마 정민이한테 관심 있는 거 아냐?'

고개를 숙이고는 내가 있는지도 모른 채 자기 자리로 내뺀다.

교무 주임이 들어선다. 오늘은 또 무슨 이야기를 할까. 교무 주임이 입도 벙긋하기 전에 잠이 쏟아진다. 출석부터 부르기 시작한다. 박진이, 차민호, 우진숙, 그리고 이정민. 내 이름만 쏙 빼놓고 부른다. 모른 척 엎어지려고 하는데 괜히 부아가 치밀어 손을 든다.

"선생님, 저 빼먹으셨는데요."

진이가 홱 돌아보며 고개를 끄덕인다. 뭐가 그리 재밌는지

키득거린다. 하지만 교무 주임은 내 말을 못 들었는지 계속 출석을 불러내려 간다.

정민이는 아까부터 내 옆통수만 바라보고 있다. 뭐야, 저 녀석, 내가 뒤통수쳐서 기분이 상했나.

"선생님, 채아리, 채아리 빼먹었다고요!"

이래저래 기분이 상해 소리를 꽥 지른다. 교무 주임은 그제야 콧등에 걸린 금테 안경을 밀어 올리며 빤히 내 쪽을 살핀다. 그러고 나서 한참이 지나 나와 눈이 마주친다.

"어? 아리가 있었네. 난 체육관에 간 줄 알았는데."

이번엔 내 쪽에서 대답을 하지 않는다. 이젠 교무 주임까지 날 무시하는 걸까. 정말 갈수록 학교 다닐 맛이 안 난다. 뭐가 꼬여도 단단히 꼬인 것 같은 느낌이다. 도대체 뭘까. 내게 무슨 일이 일어나고 있는 것일까. 교무 주임이 채근한다.

"채아리, 정말 너 맞니?"

"네, 맞다고요. 아리, 채아리가 여기 있다고요!"

교무 주임은 고개를 끄덕이며 멋쩍은 표정을 지었다. 이윽고 아침 설교가 이어졌다. 교무 주임이 조회를 끝내고 나가자 진이가 쪼르르 달려온다.

"나이가 들어서 그러니까 네가 이해하렴."

"노망든 늙은이 같으니라고."

나도 모르게 욕지기가 나와 퍼뜩 놀라고 만다. 내가 지금 '노망든 늙은이'라고 말했나. 그런 말은 함부로 하는 게 아니었다. 괜히 집에 있는 할머니한테 미안하다. 지금쯤 할머니는 또 무슨 그림을 그리고 있을까.

"아리, 아리야!"

진이가 옆구리를 쿡 지른다. 그제야 퍼뜩 놀라 진이를 돌아본다.

"너 정말 오늘 이상하긴 이상하다. 혼이 쏙 빠진 지푸라기 인형 같아."

"그러게. 이런 내가 나도 낯선걸. 잠을 설쳤나."

"요새 무슨 일 있는 거야? 할머닌 괜찮으시고?"

"응, 괜찮으셔."

"엄마는 안녕하시고?"

"얘는, 새삼스럽게. 그런 너희 아빠는 밤길 잘 다니시니?"

내가 쏘아주자 진이는 안심했는지 한숨을 내쉰다. 진이의 눈이 다시 반짝이기 시작한다.

"그나저나 아리 너, 메멘토이에 가봤어?"

"메멘토이?"

그러고 보니 오늘 아침에 그 가게에 들렀던 게 생각난다. 그런데 뭐라고 대답해야 하나. 짧은 순간 말할까 말까 망설인다. 혹시 진이도 그곳에 다녀온 것은 아닐까.

퍼즐 조각처럼 띄엄띄엄 떠오르는 기억들. 다 끼워 맞추면 어떤 모습이 나올까 두렵기만 하다.

"거기, 못난이 인형 진짜 귀엽더라. 아까 작은 망원경 구하러 갔다가 고거 찜해두고 왔거든. 살까 말까?"

진이가 한 말에 못난이 인형들이 읽어준 시가 떠오른다. '넌 버려지려고 태어난 건 아니잖니'라는 구절이 인상 깊었지. 진이라면 녀석들을 잘 감싸줄 거 같았다.

"그래 나도 게네들 봤는데 귀엽더라. 부탁할게."

점심시간이 끝나자마자 교무 주임을 또 봐야 한다고 생각하니 소화가 잘 안 된다.

교무 주임은 똘똘 말려 있는 두루마리 지도를 옆에 끼고 의기양양하게 들어온다. 저런 모습을 볼 땐 정년을 앞둔 할아버지가 아닌 철없는 학생 같다.

"동해를 'Eastern Sea'라고 표기한 지도가 나왔다는 군요. 하나 크게 뽑아 왔습니다만."

교무 주임은 지도를 펼쳐 학생들에게 보여준다. 인도와 중국을 중심으로 동아시아의 지형을 표시해놓은 지도다. 무슨 보물지도라도 되는 줄 알고 아이들이 지도를 뚫어지게 쳐다본다.

"영국의 왕실 지리학자 '존 세넥스'라고 하는 사람이 1721년에 제작한 인도와 중국 지도라고 합니다."

1721년이라고? 내가 태어나기 한참 전인 데다가, 그것도 300년 가까이 차이가 나니까 감이 오지 않는다.

"또 1744년 영국의 한 왕실 지도학자가 마르코 폴로의 여행기를 바탕으로 만든 지도에도 동해가 'Eastern Sea'라고 표기되어 있다고 하는군요."

동해를 영어로 표시하면 'Eastern Sea'가 당연한데 교무 주임은 왜 자꾸 강조할까. 교무 주임이 목소리를 높인다.

"이로써 'Eastern Sea'는 18세기 영국 왕실 지도학자의 관행적 표기라고 할 수 있지요. 일본해는 개뿔."

교무 주임이 평소에는 잘 쓰지 않는 비속어까지 섞어가며 혼자 흥분한다. 반장 한솔이가 검은 뿔테 안경을 밀어 올리며 손을 번쩍 든다.

"그런데 왜 일본은 말도 안 되는 주장을 하는 거죠?"

"동해를 일본해로 만들어 독도를 꿀꺽하려는 수작이겠지."

교무 주임이 금테 안경을 밀어 올리며 대답한다. 금테와 뿔테의 문답이 이어진다.

"그들은 기록이 있는데도 왜 억지를 부릴까요?"

"자꾸 우기다 보면 정말로 믿는 사람들이 늘어나니까."

"그래도 진실은 속일 수 없잖아요."

"진실보다 더 진실 같은 거짓들을 만들어 내는데 선수지."

"국제 재판소에 회부해서 심판을 받으면 안 되나요?"

"그건 불리해, 우리는 경험이 없거든. 돈도 힘도 없지."

뭔 소리를 하는지 알아들을 수 없지만, 둘이 아주 죽이 잘 맞는 것만은 분명하다. 안 그래도 반 아이들은 뺄테가 금테의 아들이 아닐까 의심하고 있었다.

"이것들 다 쓸어버리면 안 돼요?"

쑥이다. 잠만 자던 쑥이 끼어들다니, 수업이 적잖이 짜증 나는 모양이다.

"네 심정은 알겠다만 극단적인 생각이구나. 괴물과 싸우는 자는 그 싸움 속에서 스스로 괴물이 되지 않도록 조심해야 한다고 누가 그랬는데……."

교무 주임이 말끝을 흐리자 한솔이가 덧붙인다.

"철학자 니체 아닌가요? 전에 말씀해주셨잖아요."

"응, 그렇지? 기특하구나."

"중국이 고구려가 자기네 역사라고 하는 것도요?"

"똑같은 맥락이지, 동북공정도."

교무 주임과 한솔이는 점점 더 죽이 착착 맞는다. 1721년에는 내가 태어나지도 않았으니 'Eastern Sea'가 'Western Sea'가 되든 'Northern Sea'가 되든 알게 뭐람.

쑥에게 질 수 없어 나도 아무렇게나 뇌까려주었다.

"땅덩어리는 일본보다 영국 애들이 더 많이 차지하지 않았나요? 그런 애들이 자기들 기준으로 인도와 중국을 동해라고 표기한 건 곧 동쪽 나라 전부를 삼키겠다는 얘기 아니에요?"

교무 주임이 난감한 표정을 짓는다. 한솔이가 끼어든다.

"어쨌든 오래전부터 동해라 불렀다는 증거는 되잖아."

이번엔 내가 발끈한다.

"그런 억지는 필요 없어. 으레 떠들어 대는 말에 기대어 자기 역사를 옹호하는 것 역시 기억을 가공하는 거 아냐?"

내가 말을 뱉어놓고 스스로 놀란다. 아예 뒤돌아 앉은 채 놀란 얼굴로 고개를 끄덕이는 진이가 보인다. 말도 안 되는 논리로 너무 기분 나쁜 티를 냈나?

한솔이는 누가 반장 아니랄까 봐 교무 주임의 눈치를 살피며 말한다.

"그럼 지금 내가 무슨 민족주의에 잔뜩 빠져 있다는 얘기니? 우리의 적은 말이지……."

머리가 아파서 더는 오래 얘기 못 하겠다. 한솔이의 말을 자른다.

"됐고, 적은 당장 우리 반에 있을지도 모른다고! 1분단이나 3분단, 아니면 2분단 안에 말이지."

상희의 눈길이 더 따갑게 느껴진다. 쑥과 썬도 뭔가 찔리는 게 있을 거다.

이런, 교무 주임의 미간에 두 줄기를 넘어 세 줄기, 네 줄기로 이랑이 파인다. 얼굴색이 붉으락푸르락하면서 금방이라도 반인반수로 변할 듯하다.

“그런 건 시험에 안 나오니 알아서 생각하고.”

이럴 땐 한 발 물러서야 한다. 백인섭 샘이 화나면 체육관도 잘 안 보내줄 테니. 하지만 또 나를 빼고 출석을 부를까 봐 한 번 더 쏘아준다.

“하다못해 같은 나라 안에서도 동과 서, 남과 북이 서로 갈라져 자기 쪽이 옳고 나머지는 틀렸다고만 하니 도무지 뭐가 뭔지 모르겠어요. 저는 같은 편 운운하는 사람이 젤 무서워요.”

교무 주임의 이랑이 늘어간다. 문득 곡괭이로 갈아주고 싶다는 생각이 든다. 이 정도까지 했는데 앞으로 다신 날 안 까먹겠지.

학교를 마치자마자 진이를 먼저 보내고 메멘토이로 달려갔다. 아무래도 지금 벌어지고 있는 일들이 좀 이상하다는 생각이 들었다.

왜 사람들이 날 잘 못 알아보는지 외에도 몇 가지 더 물어보고 싶은 게 생겼다.

“보라 고양아, 아무래도 좀 이상해.”

가게 문을 열고 보라 고양이부터 찾는다. 오늘도 지하실에 있는 걸까. 바닥 뚜껑을 열려고 하자 옆에서 보라 고양이의 목소리가 들린다.

"앞으론 재리라고 불러줄래?"

보라 고양이가 진열장에서 뛰어내린다. 낚시하는 나무 고양이들 사이에 있어서 미처 알아보지 못했다. 재리는 온몸을 흔들어 먼지를 털어내고는 뒷발로 뒷목을 긁는다.

"그래, 재리야. 달걀 아저씨는 어디 갔니?"

"지하실에 계셔. 근데 지금은 못 봐."

"왜?"

"지금 좀 중요한 사람, 아니 존재랑 교신 중이거든."

"사람도 아니고 존재라고?"

"그런 게 있어."

"그런 게 뭔데?"

더욱 궁금해진다. 이곳 메멘토이에 와서 말하는 고양이 재리를 만났고, 못난이 인형 셋이 시를 써서 낭송하는 것까지 봤는데, 이젠 그것도 모자라 또 무엇이 나타날까. 무슨 판타지 세계의 괴물이라도 등장하는 것일까.

재리의 표정이 자못 심각하다.

"그래 맞아."

"뭐라고?"

"네가 생각하고 있는 거. 뭘 상상하는지 얼굴에 다 쓰여 있는 걸. 마법사나 환상동물 뭐, 그런 거 아니야?"

세상에. 정말로 그런 게 있기나 한 걸까? 거푸 침을 삼킨다. 진정하자. 재리가 날 올려다본다. 눈알이 촉촉하고 푸르스름한 게 보통 고양이가 아닌 것 같다.

"그런 게 정말 있기나 한 거야?"

"하지만 다른 세계에서 온 존재는 달걀 아저씨 쪽이야. 지금 혼자서 메시지를 보내고 있어."

"텔레파시 같은 거?"

"같은 세계에서 왔지만 다른 곳으로 간 존재들과 소통하는 거야."

"그럼 달걀 아저씨는 〈나니아 연대기〉에 나오는 벽장 너머 판타지 세계 같은 곳에서 왔단 말이야?"

"그런 셈이지."

점점 알아가도 모를 얘기들뿐이다. 정신을 차려 귀를 기울인다.

재리의 말에 의하면 달걀 아저씨의 마지막 남은 옆머리는 실은 내가 생각했던 날개보다는 안테나에 가까웠다. 지구 생명체 중에서 박쥐나 돌고래 정도만 사용한다는 고주파를 뿜어내는 하나의 촉수라고나 할까.

이쯤 해서 내가 웃음을 빵 터뜨리자 재리가 고개를 저으며 덧붙인다.

"참, 미리 말해두지만 이건 믿거나 말거나야. 이 세계의 사람들은 믿고 싶은 대로 믿는 게 단점이야. 하지만 때론 장점도 되지. 믿고 싶은 걸 믿어서 나중에는 스스로 기억을 생성하니까. 그런 능력이 진화하면 정말로 새로운 기억을 만들어내어 이식까지 가능하지. 매개물체만 있으면 말이야. 우리말로는 기억인형 정도가 적당하겠군. 그것만 있으면 기억을 인형에 담았다가 필요로 하는 사람에게 옮겨줄 수도 있고, 건네받을 수도 있어."

"그러니까 지금 뭔지는 잘 모르겠지만, 내가 기억을 지운 것도 그런 맥락이라고?"

재리가 뒷발로 뾰족한 귀를 긁으며 말한다.

"달걀 아저씨 세계에서는 그게 일상적인 일이었지. 이 세계의 사람들이 병원에서 신체를 이식하는 것과 별반 다를 바 없었어. 그저 달걀 아저씨 쪽이 좀 더 긴 역사를 가진 것뿐이야. 실제로 어떤 세계에서는 생명체가 걸어 다니는 건 상상도 못하지. 그들이 만약 사람들을 보면 마법사라고 생각할 거야. 지구인이 크립톤 행성에서 날아온 슈퍼맨을 보는 것과 같은 이치지."

"하! 슈퍼맨 같은 소리 하네."

"이미 이 세계의 사람들은 알고 있어. 어떤 이들은 기억하기 싫은 것들을 애써 부정하고 어느 정도 거짓을 더해서 말하니까. 얼마 안 가 자기 스스로 곧이곧대로 믿어버리고, 끝내는 뭐가 진짜고 가짜인지도 가물가물해지지. 그런 능력이 좀 더 발달했다고 보면 될 거야. 달걀 아저씨 세계의 존재들은 마법 같은 거 하곤 달라."

"차라리 마법이라면 더 믿겠는 걸?"

정말 그랬다. 재리가 하품을 하며 말했다.

"거짓이 때론 진실을 담고 있을 때도 있잖아. 꼭 그런 걸 떠나서 단순 기억을 이식하는 정도는 문제가 되지 않을 테고. 다만……."

"다만?"

"단순 기억이 아닐 때가 문제지. 복잡하고도 다층적인 기억을 이식할 때는 부작용이 많이 생겨서 예상치 못한 일이 벌어지기도 해. 몸은 그대로인데 이전과는 전혀 다른 인격이 만들어지거나. 여러 가지 성격이 왔다 갔다 하거나."

"다중인격자처럼?"

"그런 셈이지. 달걀 아저씨 세계 사람들은 어느 순간 그걸 전쟁에 이용한 거야. 종족 간의 기록을 변형시키고 생명체의 기억을 서로 바꾸려고 막대한 기억 전쟁을 일으켰지."

"기억 전쟁이라고? 소름 끼치네. 어째 인간들은 다 똑같을까?"

재리가 혀를 내두른다. 자기는 해당 사항이 아니라는 듯이 고개를 젓는다.

"생각보다 기억 전쟁의 파장이 커서 달걀 아저씨 세계의 생명체들은 거의 식물인간 수준이 됐다나 봐."

"식물인간?"

"기억을 주입했다가 뺐다 하는 생체무기와 화학무기를 쓰는 동안 하나씩 뇌사 상태에 빠지기 시작한 거지. 그걸 목격한 과학자들까지 자신들의 기술에 놀라 스스로 주사를 놓은 뒤 식물인간 상태에 빠져들었다나 봐."

"식물인간들의 도시라……."

"이성적인 알력 따위를 완전히 없애려고 한 조치였겠지."

"그럼 달걀 아저씨는 어떻게 여기에 온 건데?"

"살아남은 몇 안 되는 과학자들이 마지막 기억보유자로서 새로운 기억을 수집했어. 몇몇 가능성을 시험해보기 위해 생명체가 있는 세계를 택해 온 거야."

"저 책장을 열고 말이지?"

"꼭 차원의 문이 있어야만 이동할 수 있는 건 아니야. 네가 어릴 적 할머니 댁의 뒤란에 다녀온 것처럼."

"할머니 집인 건 어떻게 알았어?"

"너와 비슷한 곳을 불러내는 사람을 많이 봤어."

"그럼 그때 내가 상상한 게 아니라, 직접 뒤뜰에 갔다는 거야?"

"그런 셈이지."

"지금쯤 도로가 뚫려서 없어졌을 텐데?"

"지금이 아닌, 네가 생각한 유년의 뒤란으로 말이야."

"그냥 책장 뒤로 갔을 뿐인데도?"

"그 사이엔 보이지 않는 문들이 많아. 지하실과 하얀 방 틈에 말이야. 네가 뒤란이 아닌 다른 곳을 상상했다면 그곳으로 가는 문이 열렸겠지."

"하지만 그 고아였다는 뚱보 아줌마도 우리 할머니 집 뒤뜰에 있었잖아?"

"아줌마에겐 다락방이었지. 말하자면 문 두 개가 동시에 열린 셈이야."

그렇다면 시간과 공간마저 뛰어넘었다는 소린가? 재리의 콧수염이 햇살을 머금은 채 반짝인다. 재리의 정체까지도 의심스럽다.

"재리, 넌 어떻게 그렇게 잘 알고 있어? 달걀 아저씨랑 같이 온 거야?"

"아니. 아저씨가 처음 이 세계에 왔을 때 여기 말고, 우리 동네 까치산 쪽에 가게를 차렸거든. 내가 달걀 아저씨에게 한국말을 가르쳤지."

고양이가 우리말을 가르쳤다니, 더는 믿기지가 않는다. 재리는 자기가 내뱉은 말에 스스로 놀랐는지 파란 눈을 크게 뜬다.

"이 몸이 되기 전에 난 사람이었거든. 믿기 어렵겠지만, 나는 장난감 고양이 몸을 빌린 셈이야."

"네가 원래 사람이었다고?"

"차차 더 자세히 알게 될 거야."

"별로 알고 싶지 않아졌어."

여기서 더 물어보는 게 겁이 나서 그만두기로 한다. 애써 화제를 돌리고자 엉뚱한 질문을 던진다.

"그런데 재리 넌 배고프면 어쩌니?"

"아예 배가 안 고파."

"장난감 안에 들어가 있어서?"

"기억을 잃어버려서, 아니 지워버려서."

"그게 배고픈 거랑 무슨 상관인데?"

"사람은 기억으로 살아가는 존재거든."

"넌 사람이 아니잖아."

재리는 온몸의 털과 꼬랑지를 바짝 세워 한 번 더 사지를 비틀더니 그르렁거렸다.

"알았어, 알았다고."

무엇 때문에 이곳에 왔는지 잊은 채 뒷걸음질치며 가게를 나온다. 재리의 유리 눈에 눈물이 고이는 걸 얼핏 본 것도 같다.

메멘토이라고 써 붙여놓은 가게 간판을 올려다본다. 어딘가에서 사자와 마녀가 나타나지 않을까 하는 엉뚱한 상상을 하면서.

아빠, 미안해요

집에 들어서자 엄마 옆에 호저씨가 앉아 있다. 그 모습을 보니 오늘따라 더 부아가 치밀어 다짜고짜 가방을 옆으로 집어 던진다.

"다녀왔습니다."

엄마 눈을 피하며 덧붙인다.

"아저씨는 할 일도 없나 봐."

호저씨가 커다란 몸을 웅크리며 주섬주섬 가방을 챙긴다. 그리고는 뭔가 할 말이 있는지 쭈뼛거린다. 입술이 동그랗게 모인다. 또 미안하다는 소리를 하려는 거겠지.

"아리야, 미안."

그럼 그렇지, 더 기분이 나빠진다.

"그만, 아저씨가 뭔데 자꾸 나한테 미안하다는 거예요? 아저씨가 자꾸 그러니까 아빠 생각나잖아. 미안하다는 말 하지 마세요."

"고마워."

"뭐가 고맙다는 거예요? 기분 나쁘게. 그런 거짓말도 집어치워요!"

가만, 난 짜증이 나서 내지른 말인데 어쩐지 노래 가사 같다. 미안하단 말도 고맙단 말도 하지 말라니. 괜히 머쓱해져서 할머니 옆에 앉는다.

"너, 아저씨한테 그게 무슨 말버릇이니……."

엄마가 내 눈치를 살피며 말한다. 나는 대꾸도 하지 않고 할머니의 그림만 내려다본다.

가스레인지 위에는 김치찌개가 끓고 있다. 뚝배기 위로 빨간 거품이 폭발 직전의 작은 활화산처럼 보인다. 허기가 졌는지 배에서 꾸르륵 소리가 났다.

엄마가 수저로 국물을 떠서 간을 보고는 나를 힐끔 넘겨본다.

"좀만 기다려. 거의 다 됐어."

나한테 하는 말인지, 내 뱃살한테 하는 말인지 모를 정도로 엄마가 고개를 숙인다. 뭐 잘못된 거라도 있나? 호저씨가 있는 게 좀 기분이 나쁘지만, 그렇다고 한두 번 데려온 것도 아니고.

슬며시 몸이 떨려온다. 그렇다면 내가 엄마한테 실수한 게 분명히 있을 거다. 아니면 학교에서 주의 사항이 전달됐을지도. 설마 교무 주임이? 그날 내가 너무 심하게 굴었나? 이번엔 내가 고개를 숙인다. 엄마가 이렇게까지 나오는 걸 보니 뭔가 단단히 문제가 되었나 보다.

"집이 단칸방이라 많이 불편하지?"

호저씨가 참견한다. 밥까지 먹고 가려는 본새다. 못마땅해서 대답도 않는다. 엄마가 말한다.

"민호 아저씨가 묻잖아……."

"아, 정말."

엄마한테 버럭 화를 낼 뻔했다. 언제부터 엄마가 호저씨 편을 들기 시작했단 말인가. 속이 마구 끓는다. 일단 참자. 지금 날 꾸짖기 전에 엄마가 뭔가 꼬투리부터 찾는 중일지도 모른다.

"익숙해서 괜찮아요."

호저씨 쪽은 쳐다보지도 않고 엄마에게 말한다. 침묵이 흐른다. 찌개는 점점 더 부글부글 끓어오른다.

"그래서 말인데, 집을 옮길까 하고. 방 세 개정도로."

"잘됐네. 근데 우리 셋이 각방 쓰자고?"

내심 기뻤지만 뭔가 이상하다는 생각이 든다. 그렇게 내가 이사 가자고 조를 때는 할머니 핑계를 댔으면서 이제 와서 이사라니. 엄마의 목소리는 점점 더 작아진다.

"이참에, 아저씨랑 엄마랑……."

거기까지만 들어도 가슴이 터질 것 같았다. 무슨 얘기가 뒤에 이어질지 감이 왔다.

아랫배가 아파지기 시작한다. 때 아닌 생리통이 오려나. 마법의 날도 아닌데, 이상한 일들이 날 휘감는다. 별별 생각이 다 스쳤지만 일단 엄마 입부터 틀어막는다.

"엄마, 됐고."

최대한 마음을 가라앉히고 지금 사태에 대해 따져보려고 애쓴다. 하지만 나도 모르게 눈물이 비어져 나온다.

아빠가 보고 싶다. 얼굴과 목소리를 떠올리기만 해도 무언가 가슴을 후벼 파는 것 같다. 마치 엄마랑 내가 아빠를 영영 배신하는 것 같은 자괴감과 더불어 엄마에게 서운한 감정이 든다.

호저씨는 그저 고개를 푹 숙이고 아무 말이 없다. 나도 모르게 주먹을 불끈 쥔다. 정말 속이 상하고 아프다. 아, 이런 감정은 도대체 뭘까. 엄마한테 더는 말 붙이기도 싫다. 쳐다보기도 싫다. 눈물이 흐르지 않게 천장을 올려다본다.

할머니는 아까부터 화폭과 찌개 사이에서 오뚝이처럼 갸우뚱거리다 마침내 크레파스를 내던지고 일어선다. 찌개 쪽으로 마음이 기울었나 보다. 반사적으로 나도 따라 일어선다.

"할머니, 좀만 더 기다리자. 호저씨 가버리면 아니 꺼져버리면 바로 상 차릴게.”

‘꺼져버리면’이라는 말에 엄마가 깜짝 놀란다. 더 놀란 사람은 할머니다. 잠시 호저씨라는 낯선 대상이 뭘 가리킬까 고민하던 할머니가 마침내 표적을 찾아낸 것이다.

“이놈!”

할머니는 좀처럼 하지 않던 말까지 내뱉으며 다짜고짜 호저씨에게 달려든다. 호저씨도 난처한지 몸을 뒤챈다. 당황한 난 할머니의 팔을 잡아끈다.

김치찌개가 빠글빠글 끓기 시작했을 때였다. 가스 불을 꺼야겠다는 생각에 황급히 뒤돌아서서 할머니 팔을 놓고 만다. 중심을 잃은 할머니가 휘청거리자 엄마가 몸을 날려 할머니를 껴안는다.

“엄마야!”

눈 깜짝할 새였다. 호저씨가 할머니를 붙들려고 튕겨 일어나고, 그 덩치에 밀린 내가 가스레인지 쪽으로 엎어져 마그마를 쏟은 일련의 순간들은. 100도를 넘어선 김칫국물이 핏물처럼 내 왼팔에 스며든다. 이런 건 발차기로 막아낼 수도 없다. 누가 지른 것인지 모를 비명 소리가 온 동네에 울려 퍼진다.

살점이 녹아내리는 고통보다도 가슴이 스러지는 게 더하다. 태어나서 처음으로 죽고 싶은 생각이 들었다.

응급실로 날 데려가려는 엄마의 손길을 뿌리치고 메멘토이를 향해 달린다. 몸보다 마음이 녹아 없어지기 전에 다 지우고 싶었다. 할 수만 있다면 나 자신까지 없어졌으면 좋겠다.

메멘토이의 문을 열자마자 달걀 아저씨에게 내 보물 1호를 내민다. 아빠와 나의 사진이었다. 잔뜩 물음표를 머금은 눈으로 날 보는 아저씨 앞에서 내가 검지로 가리킨 사람은 어린 날 목마 태운 채 바보처럼 웃고 있는 아빠다.

기도 깊숙이 사레 걸린 사람처럼 가슴을 두드리며 컥컥 숨을 몰아쉰다.

"아빠. 미, 미안해. 애써 아무렇지 않게 씩씩하게 지내왔는데, 아빠가 죽었다고 생각하면 미, 미칠 거 같아. 미, 미안, 정말 미안."

달걀 아저씨는 고개를 젓기만 한다. 어안렌즈에 비친 세상이 점점 더 흐릿해져만 간다. 달걀 아저씨가 단호하게 말한다.

"아빠의 기억을 지우는 일은 아빠를 없애는 일이야."

"이미 돌아가셨는걸요?"

재리가 끼어든다.

"그럼 두 번 죽이는 셈이지."

아직도 왼팔이 화끈거린다. 하얀 붕대가 친친 감긴 것이 꼭 미라의 팔같이 보였다.

정신을 차려보니 나는 병원에 누워 있었다. 옆에는 엄마가 내 손을 쥔 채 꾸벅꾸벅 졸고 있다. 여섯 개의 침실이 놓인 일반 병실에는 창가 쪽에 자리한 나 말고도 두 명이 더 누워 있었다.

맞은편에 꼬마가 양팔과 가슴에 붕대를 두른 채 울다가 자기를 반복했다. 병실 문 쪽에 누운 환자는 미동도 하지 않았다. 나이도 가늠할 수 없었다. 눈 부위만 빼고 온몸에 붕대를 감고 있었으니까.

오른손에 힘을 주어 엄마를 흔들어 깨운다. 당장 할머니는 누가 돌보고 있는지 걱정된다. 그런 내 마음을 읽었는지 눈을 뜨자마자 엄마가 입을 연다.

"할머니는 민호 아저씨가……."

엄마는 민호 아저씨라는 말을 꺼내고 스스로 흠칫 놀란다.

"말을 꺼냈으면 끝까지 마무리해야지."

내가 채근하자 엄마가 눈을 내리깔며 말한다.

"아저씨가 돌보고 있단다, 미안."

"엄마까지 미안이라는 말을 쓰고 그래, 미안하다는 말은……."

가만 누가 많이 썼더라. 어디서 많이 들어본 말들인데 이상하게도 누가 자주 썼는지 기억이 나지 않는다.

"다행이네, 민호 아저씨가 여행담 들려주면 할머니가 좋아

할 거야."

내 말에 엄마의 눈알과 볼살이 복어처럼 동그래진다. 엄마는 그대로 눈 한번 깜짝 않고 빤히 내 얼굴을 살핀다. 잡고 있던 내 손을 내려놓고 왼손, 오른손으로 번갈아 가며 내 이마를 짚어본다. 그러더니 이번엔 수액이 잘 떨어지는지 링거를 이리저리 돌려본다.

"엄마, 왜 그러는데?"

엄마는 내 말에도 아랑곳하지 않고 급기야 호출 버튼을 누르고 만다. 화상 병동이라 그런지 항시 대기하던 간호사가 달려온다. 분홍색 간호사 옷이 무척 잘 어울리는 단발머리 언니다. 간호사 언니가 묻는다.

"무슨 일인데요?"

엄마가 두 손을 흔들며 법석을 떤다.

"얘가 이상해요."

"뭐가요?"

"전에 안 하던 말을 하고, 짓지도 않은 표정을 짓고……."

듣고 있던 간호사 언니가 답답했는지 엄마의 말을 자르고 되묻는다.

"아리 양 왼팔은 괜찮아요?"

나는 엄마의 손을 잡는다. '멀쩡한데 왜 그래'라고 속삭이며 고개를 끄덕인다. 엄마는 내 얼굴을 빤히 바라보며 긴 숨을 내

쉬었다. 걱정보다는 기쁨이 담긴 표정이다. 나는 간호사 언니가 한 말에 대답했다.

"팔이 좀 화끈거려요."

"지금은 아픈 게 당연해. 이따가 저녁에 치료실에 가면 담당 선생님이 직접 치료해주실 거야. 데인 살갗을 다 벗겨내야 하거든."

문득 매미 허물이 떠오른다. 매미는 허물을 몽땅 벗겨냈기 때문에 여름 내내 아파서 그렇게 울었던 것일까?

"피부를 벗겨낸다고요?"

놀라서 되묻는다. 엄마도 당황했는지 침을 삼킨다. 간호사 언니가 안심하라는 듯이 눈웃음을 지으며 말한다. 치아까지 가지런해서 웃는 모습이 더 예쁘다. 나도 대학 들어가면 치아 교정부터 해야겠다.

"응. 아마 많이 아플 거야. 하지만 참아야지. 더구나 여학생이니까 빨리 치료해야 흉터가 안 남을 테고."

헉, 흉터라고? 그 말에 갑자기 마음이 졸아든다. 시합 때는 발차기를 어떻게 막아내고, 남자친구가 생기면 이 팔로 어떻게 팔짱을 끼지? 별별 생각이 다 든다. 얼어붙은 내 얼굴을 보고 언니가 덧붙인다.

"꾹 참고, 얼른 치료하면 자국이 안 남을 확률이 더 높으니 안심하렴."

한참 간호사의 설명을 듣던 엄마가 끼어든다.

“그런데 이거 2도 화상 맞지요?”

“네.”

“2도 중에서도 이렇게 심하면 심재성이니까, 보험처리가…….”

“엄마, 이런 상황에서 꼭 보험 타령을 해야 해? 딸 피부에 상처가 날지도 모르는데 그런 게 걱정이냐고!”

두 팔을 허우적거리며 엄마를 병실에서 쫓아낸다. 앞에 누운 꼬마가 또 울기 시작했다. 아아, 나 정말 엄마 딸 맞나?

아빠가 이 모습을 보면…… 그런데 아빠라니, 아빠는 지금 어디에 있지? 문득 아빠가 낯설게 느껴진다. 집을 나간 지 오래됐다고 들은 것도 같은데. 정말 들은 건 맞을까. 혼란스럽다.

이제 머리에도 붕대를 친친 감아야 할 판이다.

엄마가 집에 간 뒤, 난 온종일 잠만 잤다. 꼬마는 자다 깨길 반복하는 동안 주기적으로 울어댔고, 미라처럼 붕대를 친친 감은 환자는 움직임이 없었다.

나는 잠자는 숲 속의 공주처럼 정말 미친 듯이 잠에 빠져들었다.

"아리야, 치료받으러 가자."

저녁이 되어 간호사 언니가 날 깨운다. 왼팔의 살갗을 벗겨내야 할 시간이다. 창밖은 캄캄했고 하늘엔 피부를 드러낸 그믐달이 떴다. 갑자기 한기가 밀려왔다. 사람이 그리웠다. 엄마가 학교에 전화해놓아서 친구들과 태권도 부원들이 내 소식을 다 알만도 한데 이상하게도 아무도 찾아오지 않았다.

다리에 힘이 없어선지 슬리퍼가 바닥에 끌린다. 간호사 언니가 치료실까지 부축해준다. 치료실이라기보다는 약 상자를 갖춰놓은 창고 같다.

드레싱을 시작한다. 왼팔의 붕대를 풀어내는 동안에도 소름이 인다. 엉뚱한 생각이 마구 떠오른다.

하얀 헝겊과 함께 내 몸이 양파 껍질처럼 떨어져 나가는 이미지다. 살과 뼈를 감고 있는 천 개의 얇은 껍질들이 풀어지는 모습이 떠올랐다. 선명했던 내 존재가 한 꺼풀씩 벗겨져서 결국엔 처녀 귀신처럼 사라져버릴 것만 같았다.

이따금 두 손바닥을 들여다보면 손금보다 뼈가 선명하게 보일 때가 있다. 어떨 때는 손은 움씰거리고 있는데 손이 안 보일 때도 있었다.

"많이 아플 테니까, 마음 단단히 먹으렴."

"네, 그럴게요."

치료담당 의사가 묻는다. 인턴이라서 그런지 젊다. 아저씨들보다 한층 마음이 놓인다. 하지만 그래서 더 피부를 보이기가 부끄럽다. 이지러진 살갗을 보이는 게 혼란스러운 내 마음을 내보이는 것 같다.

붕대를 마저 푼다. 햄 조각처럼 처참하게 찢긴 속살이 보인다. 나부터 고개를 돌리고 만다. 이상한 냄새가 코를 찌른다.

“꽤 쓰라릴 거야. 상처 부위 말고 다른 델 보렴.”

치료하는 인턴 오빠가 내 손끝을 잡고 팔에 소독약을 퍼붓는다.

“아악!”

온몸에 전기가 흐르는 것 같다. 정수리에서 뒷골을 타고 손목과 팔뚝, 척추와 골반까지 찌릿찌릿하다. 하지만 치료는 아직 시작도 안 했다. 이지러진 살갗부터 떼어내야 한다.

“잠깐만요, 오빠.”

심호흡부터 한다. 이건 겨루기를 하다가 팔이 빠지거나 삐었을 때랑 차원이 다르다. 좀처럼 우는 성격도 아닌데, 벌써 눈물이 찔끔 흐른다. 인턴 오빠는 수건을 건넨다.

“이거 물고 있을래?”

헉, 마취라도 해주면 좋으련만. 잠깐 자고 일어나면 모든 게 끝났으면 좋겠다. 고통도 기억도 그저 그렇게 지나갔으면 좋겠다.

말없이 고개를 끄덕인다. 옆에 있던 간호사 언니가 수건을 내 입에 물려준다. 고문은 시작되었다.

"아악!"

눈알이 튀어나올 것 같았다. 더는 격식이고 뭐고 차릴 겨를도 없이 비명을 질러댄다. 화상 병동에서는 이런 일이 자주 있는지 아무도 이쪽을 기웃거리지 않는다.

"아악, 엄마, 아악!"

하마터면 인턴 오빠에게 앉은자리에서 옆차기를 날릴 뻔했다. 오빠는 일일이 핀셋으로 피부의 찌꺼기를 잡아 뜯어낸다. 그런 다음 사포질하듯 소독약을 묻힌 거즈로 속살을 헤집는다.

그때 치료실의 열린 문틈으로 체크무늬 스커트를 입고 지나가는 학생이 보인다. 아이보리 색인 것으로 보아 우리 학교 교복이 틀림없다. 뒤늦게 진이가 문병하러 왔나? 괜히 진이한테 엄한 꼴을 보이는 게 아닌가 싶어 입을 앙다문다. 참자, 참자, 조금만 더 참자.

"아아악!"

"다 됐습니다. 고생 많았어요. 아리 씨."

인턴 오빠가 내 이마에 맺힌 땀을 손수건으로 톡톡 찍어주며 말한다. 세심하기도 해라. 게다가 나보고 아리 씨라니, 악바리를 질러대며 바동거린 게 생각나 부끄러워진다. 온몸에 힘이 쫙 빠져 그냥 웃음이 실실 새어나온다. 간호사 언니가 그런 내 등을 쓸어주며 다시 붕대를 감는다.

"차도를 봐서 사나흘은 더 입원해 있어야 할 것 같아. 그건 지금처럼 서너 번은 더 치료해야 한다는 얘기야."

한숨을 크게 내쉬자 등골에 맺혔던 땀이 저희끼리 헤쳐모여 흘러내린다. 귓불과 쇄골에도 온통 땀이다. 잠시 치료실 문 앞 의자에 앉아 땀을 식힌다. 진이는 좀 기다리라고 하지 뭐.

그때 같은 병실을 쓰는 꼬마가 휠체어를 탄 채 복도를 지난다. 팔다리를 허우적거리며 신이 난 듯 좋아했다. 뒤에 선 아이 엄마가 휠체어를 놀이기구처럼 밀다가 당긴다. 임산부 옷을 입은 아이 엄마의 배가 봉긋했다.

"어쩌다 아이가 다친 거예요?"

알은체하며 아이 엄마에게 묻는다. 아이 엄마도 한참 신이 나는지 웃으면서 대답한다.

"호기심이 많은 아이라 뭐든지 만져보고 찔러보는 걸 좋아했죠. 콘센트에 코드를 꼽기만 하면 물건이 움직이는 게 신기했나 봐요."

"콘센트에요?"

"어느 날엔가 젓가락을 밀어 넣었지요. 그날 남편도 저도 야근 때문에 저녁을 못 챙겨줬거든요. 형편이 안 좋아 유치원에서도 나왔어요. 간간이 옆집 할머니가 봐준다고 해도, 혼자 얼마나 외롭고 배가 고팠을지……."

아이 엄마의 표정이 금세 어두워진다. 아이 엄마보다도 아이의 심정에 더 공감이 간다. 아이는 숟가락과 젓가락이 다른 가전제품처럼 뚝딱뚝딱 움직여서 밥을 입에 넣어주었으면 하고 바랐던 건 아니었을까.

"저런, 그래도 씩씩하게 잘 이겨냈네요."

이곳 화상 병동에는 사연이 있는 사람들이 참 많았다. 감전 때문에 온 아이뿐 아니라 싸구려 전기장판에 등이 탄 할머니, 닭꼬치를 튀기다 기름을 엎은 여대생, 손님 등쌀에 서두르다 솥뚜껑을 맨손으로 짚어버린 아줌마 등등. 하나같이 고단한 일상을 살다가 온 사람들뿐이다.

"곧 피부 이식만 하면 우리 아이도 멀쩡할 거예요."

꼬마가 노를 젓듯 붕대 감은 팔을 휘두르자 아이 엄마가 휠체어를 밀고 나간다. 화상을 입었음에도 불구하고 아이가 참 밝다.

땀이 식자 오한이 난다. 일어서서 병실 문을 열고 한 발짝 들어선다. 꼬마가 밖에 있으니 지금쯤 고대 무덤 같은 병실 안에는 미라 아줌마와 진이 둘만 숨을 죽인 채 앉아 있겠지.

하지만 멀리서 봐도 내 자리는 비어 있다. 문 안쪽 침실에서 또래 여학생의 말소리가 흘러나온다. 분명 진이의 목소리는 아니었다.

"엄마, 오늘은 조금 괜찮아? 밖에는 초승달이 떴고, 난 달의 눈을 보며 엄마 웃는 모습을 떠올리고 있어. 듣고 있지? 이런 날엔 밤늦게까지 수다를 떨어야 한다며 자는 나를 계속 꼬집었잖아. 오늘은 내가 엄마 못 자게 할 거야."

나는 병실 문을 마저 열지 못한 채 그 자리에서 굳었다. 지금 병실 안에 죽은 듯이 누워 있는 미라 같은 환자는 우리 학교 학생의 엄마였던 것이다. 괜히 조심스러워진다.

여자애는 내가 문 뒤에 있는 줄도 모른 채 혼자 다정하게 재잘거린다.

"아빠한테는 아직 연락이 없어. 집행 유예 판정을 받고 집을 나간 지 벌써 한 주가 넘었네. 다행이 저당 잡힌 집은 할아버지가 나서서 잘 해결했대. 나도 찜질방 생활 접고 다시 집에서 통학하고 있어. 그래도 잘 돼가고 있지? 봐, 노란 달도 엄마처럼 웃고 있잖아."

이 상황에서 병실에 들어서야하나 말아야하나 망설여진다. 저 친구도 나도 서로 민망할 것 같다. 나 또한 학교에 안 가고 이런 꼴로 화상 병동에 있는 게 부끄러우니까.

마침 복도에서 휠체어를 타고 놀던 꼬마와 아이 엄마가 병실로 다가선다. 문고리를 붙잡으려는 아이 엄마의 팔을 나도 모르게 붙잡는다. 아이와 아이 엄마를 번갈아 보면서 검지를 입에 대고 토끼 눈을 뜬다.

"쉬잇."

아이 엄마는 알겠다며 고개를 끄덕였다. 나는 아이 엄마에게 다가서서 귀엣말한다.

"딸이 온 것 같아요."

아이 엄마는 토끼 눈이 되더니 나직하게 혀를 차며 내게 속삭인다.

"남편이 도박중독이래요. 야산 비닐 하우스에서 맨날 산다나. 어느 날엔가는 아줌마가 결심했는지 제 몸에 기름을 부었다지요. 이대로 또 나가면 죽어버릴 거라면서."

아이 엄마 얘기를 듣고 뒷걸음질을 치고 만다. 왠지 내가 부끄러운 것보다 여자애의 민망함이 더 클 것 같았다. 나와 마주치면 더 상처를 받게 될 것 같아서 못 본 척 뒤돌아 나왔다.

승강기를 타고 내려와 병동 밖으로 나선다. 마을버스 정류장 옆의 푸른 벤치에 앉는다. 엷은 달빛이 정말 은은하다. 예전엔 나도 저 달을 보며 많은 사람의 얼굴을 떠올렸던 것 같은데, 지금은 별로 떠오르지 않는다. 엄마의 모습까지도 말이다. 괜스레 불안해진다.

'난 그렇다 쳐도 다른 사람들까지 날 다 잊어버리면 어떡하지.'

배가 출출해서 병원 편의점에 들어선다. 컵라면 하나를 사서 뚜껑을 연다. 한쪽 팔을 쓸 수 없으니 나무젓가락을 뜯는 것도 불편하다.

"도와드릴까요?"

편의점 아르바이트생이 다가와 친절하게 물을 받아준다. 대학생 오빠인 듯했다.

"감사합니다."

최대한 목을 가다듬어 가냘픈 목소리로 대답한다. 편의점 쇼윈도에 비친 내 모습을 살핀다. 밖에 나오니까 하나부터 열까지 신경 쓰이는 일들뿐이다. 편의점 앞에 선 가로등 때문인지 내 얼굴이 잘 보이지 않는다. 먹는 둥 마는 둥 국물만 마시고 나온다. 마을버스는 모두 떠났고 병실의 불도 다 꺼졌다.

화상 병동에 올라와서 소리 나지 않게 얼굴만 빠끔 내밀어 병실 문을 연다. 복도의 빛이 어둠을 비집고 들어가 문 옆의 미라 환자를 비춘다. 옆에 엎어져 있는 여자애도 비춘다. 집에 안 가고 그대로 잠들었나 보다. 내일 아침에는 학교에 가야 할 텐데 병원에서 자는 걸 보니 걱정보다 불편한 맘이 앞선다.

여자애는 엎드린 중에도 이리저리 뒤척인다. 그러다가 빛살이 새어 들어가는 문 쪽으로 고개를 돌린다.

잔잔한 달빛 아래, 입술이 가늘고 턱 선이 예쁜 아이가 요정처럼 자고 있다. 엄마 때문에 얼마나 걱정이 많을까. 문을 닫고서도 가만히 여자애를 쳐다보았다. 어둠이 눈에 익자 여자애의 얼굴이 서서히 보이기 시작한다.

긴 머리에 갸름한 얼굴과 가지런한 속눈썹, 날씬한 몸매의 바비 인형 같이 아리따운 여자애…….

바로 상희였다.

아침에 눈을 떴을 때 상희는 보이지 않았다. 언제 잠에서 깨어 학교에 갔을지, 혹시 맞은편 끝에 누워 있는 날 알아보진 않았을지, 알아챘다면 기분이 어땠을지, 아침밥도 먹기 전에 별별 생각이 다 들었다.

새벽에도 몇 번이고 잠을 깼는지 모른다. 하지만 상희와 눈이 마주칠까 봐 일부러 눈을 뜨지 않았다.

밤새 화상 병동 여기저기서 터져 나온 신음은 귀곡성 같았다. 잠을 자봐야 악몽만 꿀 것 같아서 거의 뜬눈으로 밤을 지새웠다.

엄마는 점심시간이 돼도 나타나지 않는다.

'정말 호저씨랑 어디 도망이라도 간 거 아니야?'

한 손으로 밥을 먹으며 입을 쭈삣거린다.

창문 밖 난간에 보라 고양이 재리가 나타난 건 그때였다.

"여기 있었군."

조금은 상기된 재리의 목소리를 듣고 퍼뜩 놀라 창밖을 본다. 하지만 꼬마와 아이 엄마는 아무 소리도 못 들었는지 점심을 먹는데 여념이 없다.

"재리, 어떻게 찾아온 거야?"

내가 재리에게 건넨 말을 듣고 아이에게 밥을 먹이던 아이 엄마가 돌아보며 묻는다.

"네? 뭐라고요?"

"아, 아니에요."

그제야 내가 고양이한테 말을 걸었다는 걸 깨달았다. 고양이와 대화하는 모습을 보면 아이 엄마는 어떤 표정을 지을까. 꼬마만 재리를 발견하고 방끗 웃는다.

재리는 발로 병원 입구의 벤치를 가리키고는 다음 층으로 뛰어내린다. 층 사이의 난간 위를 뛰어넘더니 사람들이 많이 다니는 문을 피해 건물 벽 파이프를 타고 내려간다.

그 모습을 보니 고양이가 부러웠다. 게다가 강아지처럼 꼬랑지를 흔들며 주인을 쫓아다니지도 않고, 어디에 있든 자기가 주인인 양 항상 도도한 자세를 잃지 않는 동물이 아닌가.

"고양이들은 자유로워서 좋겠어."

"그럼 네가 한번 고양이가 돼볼래? 마침 그것 때문에 찾아온 거야."

부럽다는 내 얘기에 푸른 벤치 앞에서 기다리던 재리가 맞받아친다. 꽤 진지한 표정이다.

"에이, 장난치지 마. 내가 어떡해?"

"네가 원한다면 얼마든지."

점점 더 알다가도 모를 소리만 한다. 그러고는 내 머리부터 발끝까지 쭉 훑는다.

"뭐야, 고양이가 내 몸을 훑어보다니 상당히 기분 나쁜데?"

나도 모르게 발끝이 살짝 튀어나온다. 재리는 그런 내 모습을 보고 재빨리 벤치 위로 뛰어오른다.

"어어, 그러다 한 대 치겠다!"

재리가 온몸의 털과 꼬랑지를 곤두세운다. 톡 쏘아본다.

"왜 그렇게 쳐다보는데?"

"너 최근에 거울 본 적 있니?"

또 뭘 가지고 놀려 대나 싶어 재리를 노려본다. 여차하면 발차기 대신 정권이 튀어나갈지도 모르겠다. 재리는 내 오른팔을 잡아끈다. 그러고는 병원 정문에 있는 전신거울 앞으로 달려간다.

"잠깐 와볼래?"

나는 엉거주춤한 자세로 재리를 따라간다.

거울 앞에 선 재리가 뒤를 돌아본다.

"잠깐, 거울을 보기 전에 할 말이 있어."

"뭔데?"

"절대 놀라지 말 것."

"내가 그렇게 우스꽝스럽단 소리야?"

주먹을 불끈 쥐고 거울 앞으로 다가선다. 어제 편의점 유리

창에 비친 내 모습을 확인하지 못한 게 아쉬웠다. 상희보다 좀 덜 예쁜 얼굴인 건 인정하지만 그래도 남자에게 초콜릿도 받아본 적 있는 몸이란 말이다.

'초콜릿, 근데 누구한테 받았더라.'

찬찬히 거울 속의 날 바라본다.

그런데 내 모습이 잘 보이지 않는다. 안경을 끼지 않아서 그런가? 거울 앞에 한 발짝 다가서서 눈을 부릅뜬다. 그래도 잘 보이지 않는다.

"어? 언제 내 눈이 더 나빠졌지? 몇 발자국 앞의 사물은 다 보이는데, 재리도 그렇고."

뒤에 있던 재리가 말한다.

"네 시력은 그대로야, 다만 네 기억력이 떨어졌을 뿐."

"무슨 소리야, 내가 뭘 어쨌는데? 그리고 기억력하고 이건 또 무슨 상관인데?"

"잘 들어. 네가 가진 기억들 가운데 중요한 것들, 메멘토이에서 지운 건 생각나?"

기억을 지우려 메멘토이에 들어선 장면들은 어렴풋이 떠오른다. 하지만 자세한 상황은 기억나지 않는다. 팔등의 이지러진 피부 빼고는 내가 멀쩡한 것으로 보아 별 영향은 없었던 것 같은데 말이다.

"그게 어쨌는데?"

"넌 중요한 두 사람과 관련된 기억을 지웠어. 네게 있어 누구보다 소중한 사람들이지. 늦었지만, 더 늦기 전에 이것만은 말해둘게."

"뭔데?"

"기억은 항체이자, 신체라는 사실."

"무슨 소린지 모르겠어."

"네가 가진 기억들은 아무리 아픈 것들일지라도 비슷한 체험이 반복될 때 하나의 면역 기능을 한다는 사실이야."

"고리타분하기는. 너 꼭 국어 선생처럼 말한다."

그 말에 재리가 퍼뜩 놀라 한 걸음 물러선다. 고양이 주제에 헛기침까지 한다.

"수두를 앓았다고 생각해봐. 당장은 온몸에 붉은 반점이 생겨서 몸도 마음도 아프지만, 한번 앓고 난 뒤에는 그 증상을 몸이 기억해서 다시는 그런 일이 안 생기게 방어하지. 하지만 수두를 앓았던 경험을 없던 일로 하고 몸의 기억을 지운다고 쳐봐. 담엔 어떻게 되겠어?"

"또 수두를 앓겠지. 빨갛게."

"그거야."

"그런데 잊어야 하는 기억도 있잖아. 시간이 지나면 자연스레 사라지는 기억도."

"잊은 게 아니야. 그 기억에 익숙해지는 거지."

"익숙해진다고?"

"내성이 생기는 것일 뿐이야."

"좀 더 쉽게 얘기해줄 수 없겠니?"

"넌 면역 세포를 몇 번이나 지웠다고. 지금 당장은 안 아플지 모르지만, 나중에 유사한 상황이 닥치면 끝내 넌 감당할 수 없을 거야. 그때도 기억을 지워버릴래? 자꾸 그랬다간……."

재리의 가르치려 드는 말투가 점점 귀에 거슬리기 시작한다. 화상을 입은 환자를 앞에 두고 지금 뭐 하자는 수작인지. 괜히 부아가 치밀어 퉁명스럽게 대꾸한다.

"그래, 또 그럴 거다, 왜!"

"자꾸 그러면, 나처럼……."

"너처럼 뭐!"

"면역 결핍이 올 거야."

"네가 무슨 에이즈라도 걸렸냐?"

"그래, '후천성기억결핍증'이라고 해두자. 그래서 한때 내 몸을 전부 잃었다고!"

"괭이 주제에 뭘 어쨌다고!"

나는 꽥, 소리를 지른다. 아무리 고양이라지만 내가 지나친 것 같다. 고양이에게는 고양이의 인격이 있는 법이다. 애완동물이 아니라 반려동물이라 불러야 한다고, 담탱이가 국어 시간에 강조하지 않았던가.

"미안."

바로 사과를 했지만 재리는 아무렇지 않은 듯 말을 잇는다.

"자꾸 그러면 나처럼 몸을 잃게 되니까 하는 말이야."

"넌 멀쩡하잖아."

"지금 다시 거울을 봐. 아까 말했잖아. 기억은 또 하나의 신체라고. 네가 가진 기억을 지웠을 때 정작 네 안에서 사라지는 건 다른 이의 실체가 아닌 그 사람의 기억 속 네 모습이라는 걸."

"내가 사라진다고?"

"왜 사람들이 널 잘 못 알아보는지 생각해봤어?"

"어쩐지. 이상하긴 했지만……."

"바로 그거야. 단지 한두 사람에 대한 기억을 지운다고 해도, 그 사람과 연결된 집단에서는 기억들이 서로 연쇄반응을 일으키지. 사람과 기억과 시간은 서로 다른 물질계에서 절대로 엮이기 어려운 존재로 보이지만 사실은 그마저도 전부 이어져 있어. 별과 별, 차원과 차원마저도."

"병실 사람들은 나를 다 알아보는데?"

"그들은 병실에서의 너만 알잖아."

재리의 말을 듣고 있으려니 점점 말문이 막힌다. 눈을 계속 깜빡여본다. 뻑뻑하다. 혹 안구 건조증 같은 게 온 건 아닐까. 안약을 넣어볼까.

"그러니까 네가 그들을 잊은 건, 그들이 널 잊은 거나 마찬가지야. 그래서 널 못 알아본다고. 실제로 네 몸은 점점 흐릿해지고 있어. 사람들의 기억 속 네 모습처럼."

다시 거울을 본다. 거울 속을 비집고 들어갈 것처럼 고개를 바짝 들이민다. 각각 두 손의 엄지와 검지를 눈두덩에 대고 눈꺼풀을 쫙 펴본다.

거기, 정말 흐릿하게 하얀 그림자가 서 있다.

"아무도 네게 문병을 오지 않는 건, 그들이 널 잊어서가 아니라 네가 그들을 잊어가기 때문이야. 그나마 누군가 너에 대한 기억을 아직 붙잡고 있고, 또 네 무의식이 아직 옛 기억들을 떠올리려 안간힘을 쓰고 있기 때문에 형체가 남아 있는 거야. 방금 뭐 생각난 거 없어?"

하나 있다. 초콜릿. 커다란 초콜릿. 반짝반짝, 둥글고 따뜻한 초콜릿. 하지만 대답하지 않기로 한다. 재리가 목소리를 높인다.

"난 그것마저 모두 놓아버려 마침내 유령이 되었어. 물론 메멘토이는 우리 동네에 있을 때부터 알았지만, 모든 기억을 내려놓으려고 결심한 건 메멘토이 가게가 이곳 낙산 앞으로 이사 왔을 때였지."

"그전까지는 사람의 모습이었어?"

"모든 건 전적으로 내 선택이었어. 내 몸이 사라져가는 게 너무 무서웠지. 누군가 알아봐 주길 바라며 옷가지를 다 벗어 던지기까지 했어. 한 사람이라도 날 본다면 소리를 지를 테니까."

"그래서 너를 본 사람이 있었니?"

"한 소녀가 나를 알아봤지. 날 변태로 오해하긴 했지만, 정말 고마웠어. 고맙다, 아리야."

"그건 또 무슨 소리야?"

"그렇게 증발해버릴 뻔했던 나를 겨우 고양이 인형에 붙잡아둔 이가 바로 네가 아는 달걀 아저씨야."

"그러니까 재리가 한때는 사람이었고, 기억을 지워버린 뒤에는 자신의 몸마저 잃어서 지금은 고양이 인형에 영혼이 피신해 있다. 그런 게 정말 가능한 소리야?"

"말했잖아. 기억과 시간, 사물과 의식은 결코 다른 게 아니라 서로 연결되어 있다고."

"어쨌든 달걀 아저씨는 나쁜 사람이잖아. 아예 기억을 지우지 않게 막던가."

"그랬으면 난 벌써 자살해버렸을지도 모르지."

"나 역시 이렇게 하지 않았다면 죽어버렸을 거라고?"

"그렇게 들렸다면 미안."

머릿속이 복잡하다. 그렇다면 재리의 몸뚱이는 애초에 그저 사물에 불과했다는 얘긴가? 재리는 다시 목소리를 낮추어 말한다.

“죽지 않았다면 마음이 불구가 되었겠지. 물론 이런 꼴을 한 나도 마찬가지야. 하지만 그녀가 날 기억하려 애쓰고 있어. 덕분에 지하 서재에 둔 내 예전 모습도 점점 뚜렷해지고 있다고.”

“고작 여자 때문에 기억을 지운 거야?”

“그러는 넌 남자 때문에 아니었니?”

“어쨌든, 이제 원래의 네 몸으로 돌아가기라도 하겠단 말이야? 그걸 나보고 믿으라고?”

“지금 나랑 이야기하고 있는 건 어떻게 믿고?”

그랬다. 나는 지금 고양이랑 말하는 중이었다.

이어서 재리가 목소리를 높였다.

“그래서 널 찾아온 거야. 이제는 네가 모습을 잃어가고 있어. 그림자 인간이 되어가고 있는 거야.”

내가 사람들에게 보이지 않는다니. 어쩌다가 이렇게 되었나 싶어 왈칵 울음이 쏟아진다.

달걀 아저씨가 밉다. 이렇게 될 줄 알았으면 강력하게 말렸어야 하는 게 아닌가. 그 사람은 그저 기억의 파편을 모아 자기 세계로 돌아가면 그만이다. 그러려고 여기에 온 것일지도 모른다. 결국 사기꾼과 다를 바 없다. 그것도 차원을 넘나드는 사기꾼이라니 마냥 야속하기만 하다.

그대로 주저앉아 얼마나 울었을까. 말없이 기다리던 재리가 다가와 작은 앞발로 내 발등을 다독인다. 재리의 목소리도 떨린다.

"이제 네 차례야."

"무슨 차례?"

재리가 물끄러미 내 눈동자를 들여다본다. 그 눈빛에서 잔정이 느껴진다.

"고양이의 눈으로 세상을 한번 살아보지 않을래? 고양이의 마음으로 존재를 보고, 고양이의 발로 거리를 지나고, 고양이 울음을 내며 어둠 속에 있어 보지 않으련?"

"넌 이제 원래의 몸을 되찾았으니, 몸을 잃어가는 내가 대신 들어가라는 얘기야?"

"난 이대로 나가도 상관없어. 그런데 넌 네 몸이 희미해져 더는 머물 곳이 없어지면 둥둥 떠다닐 거야? 정말 처녀 귀신이 될 작정이야?"

할 말을 잃은 채 하늘을 올려다본다. 한낮의 뜨거운 햇살이 모든 걸 태워버릴 듯 저 스스로 온몸을 부르르 떤다. 내 왼팔도 덩달아 녹아들어 가는 것만 같다.

그다음엔 오른팔, 다시 왼발, 오른발.

'아아, 생각하기도 싫다.'

고양이의 눈으로 세상을 보다

내가 기억을 파는 가게, 메멘토이의 지하실에서 고양이로 깨어났을 때, 한때 남자였던 보라 고양이 재리는 보이지 않았다. 행방을 묻자 달걀 아저씨가 뒷머리를 긁적이며 말했다.

"지금 당장 찾아가야 할 사람이 있다는구나. 곧 다시 만나게 될 거라는데? 참, 그리고, 미안하다."

"제 원래 몸뚱이는 어디 있지요?"

"벽 너머 뒤뜰의 나무 그네에 잘 눕혀놓았어."

어둑어둑한 지하실에서도 달걀 아저씨의 어두운 표정이 선명하다. 하지만 어둑하다는 건 그저 느낌에 불과했다. 벽을 가득 메우고 있는 책장의 고서에 적힌 글씨들까지 눈에 들어온다. 온통 내가 알아볼 수 없는 글자들뿐이다.

몸은 가뿐해서 금방이라도 어디든 뛰어오를 수 있을 것만 같다. 온몸의 감각이 생생해서 그 자체로 달팽이관처럼 작은 소리까지 흡수할 수 있을 것만 같았다. 쥐들이 저들끼리 속삭이는 귀엣말까지도. 심지어 달걀 아저씨의 심장에 흐르는 혈류의 움직임과 십이지장을 타고 지나는 음식물의 흐름까지도 말이다.

적어도 달걀 아저씨의 말이 진심이라는 것 또한 본능적으로 알 수 있었다. 찬찬히 달걀 아저씨를 올려다본다. 달걀 아저씨는 눈높이를 맞추려고 무릎을 꿇는다.

"묻고 싶은 게 많을 줄 안다. 그렇지만 잠시만 기다려줄래? 그저 이곳에서 며칠 지내며 가게 손님들이나 인형들과 시간을 보내며 좀 쉬어도 좋겠지."

"아저씨는 도대체 누구죠?"

달걀 아저씨는 아무 말 없이 주위를 둘러본다. 알아볼 수 없는 글자가 가득한 연구서들과 텔레비전에서도 한 번 본 적 없는 장난감이 늘어선 책장, 이것들은 어디에서 온 것이고 또 어디로 가는 것일까?

"기억을 담아 가져갈 곳이 있단다."

"아저씨가 온 세계로요?"

"재리한테 들었구나."

온몸의 털이 곤두선다. 꼬리까지도. 목소리에 날을 세운다.

원래 내 목소리가 아닌 남자애의 목소리가 나오는 게 기분이 나쁘다.

“그깟 기억들 가져가 봤자 기억을 이식하는 순간 사람들에게 또 거짓 이미지나 심는 거잖아요. 그것 때문에 모두 식물인간이 되었다면서요. 그런데도 무슨 의미가 있지요?”

“나중에 얘기해주마.”

“둘러댈 생각 말아요. 뭔가 또 속이려고.”

“조금만 기다려주렴. 재리 선생이 오면…….”

“재리 선생이요?”

“이젠 널 재리라고 불러야겠지. 재리 학생이라고.”

그때 위에서 누군가 요란스럽게 문을 열고 들어선다. 한 걸음 내딛는데도 천장이 쿵쾅거린다. 그가 지하실 뚜껑을 열고 소리친다.

“계세요? 저 지난번에 다녀간…….”

“결국, 또 오셨군요.”

곰돌이에게 깃든 사랑의 기억을 이식받은 아줌마였다. 그때 달걀 아저씨가 기억을 주입하는 장면을 처음 봤는데 무슨 최면술을 부리는 것 같았다.

아줌마가 얼굴을 들이민다. 눈을 감은 채 아이처럼 웃던 아줌마의 표정이 떠오른다.

“이번엔 제 남편에 대한 기억을 좀 바꾸려고요.”

"아직 부족했나요?"

달걀 아저씨가 되묻자 아줌마의 얼굴이 어두워진다. 피부의 주름을 보니 나이는 오십 대 초반으로 보였다. 아줌마의 손에서 날고기 냄새가 풍긴다. 고양이가 되니 냄새에 민감해진 것 같다. 정육점에서 일하는 게 틀림없다. 술 냄새 또한 만만치 않게 코를 찌른다. 고양이 고기 냄새가 섞이지 않아 일단 안심한다.

아줌마는 빨간 손가방에서 사진 몇 장과, 금반지, 손수건, 넥타이 등을 꺼낸다.

"이번엔 먼저 간 남편을 좀 어떻게 해주세요. 밤이면 밤마다 떠올라서 아주 미치겠어요."

말할 때마다 김치찌개 냄새가 입에서 새어나온다. 냄새를 맡으니 김치찌개에 데었던 일이 떠올라 왼팔을 들어본다. 하지만 보라색 털이 덮인 앞발은 멀쩡하다. 그런데 뭣 때문에 김치찌개를 엎었지? 그마저도 가물가물하다.

달걀 아저씨가 손뼉을 치자 책장 문이 열린다. 흰빛이 가득한 방이 보인다. 경계 너머에 아줌마의 다락방 문도 열린다. 오래된 곰팡내가 훅 끼쳐온다. 그 냄새를 맡으니 마음이 한결 가라앉는다.

그곳으로 건너간 달걀 아저씨가 낭랑한 목소리로 말한다.

"이곳에 편하게 누우세요. 미리 말해두지만, 이게 마지막이에요. 다음에 또 오면 곤란합니다."

"이 기억만 바꾸면 정말 잘 살 수 있을 것 같아요. 부탁합니다."

아줌마는 핸드백을 옆에 던져두고 바닥에 앉아 숨을 골랐다. 육중해서 그런지 가슴골은 잔뜩 패였고, 주홍색 원피스는 꽉 끼었다.

"아리 넌 잠시만 기다리렴."

"네, 그럴게요."

달걀 아저씨가 박수를 세 번 치자 책장 문이 닫힌다. 차원의 문 너머에서 달걀 아저씨의 목소리가 새어나온다.

"남편을 떠나보내는 건 슬픈 일입니다."

달걀 아저씨의 말이 떨어지기 무섭게 아줌마가 흐느끼는 소리가 들려온다. 혓바늘이 돋고 침이 고인다.

인간이 흘리는 짠 눈물 냄새가 난다. 그것이 후춧가루처럼 콧잔등에 어른거린다. 생각보다 사람 냄새는 지독했다. 이러다 내 안의 인간성마저 지워지는 건 아닌지 모르겠다.

받은기침을 내뱉고는 몸을 웅크려 잠을 청한다.

수업을 듣지 않는 건 좋았다. 할머니를 신경 쓰지 않는 것도 좋았다. 엄마 잔소리에 시달리지 않는 것은 더더욱 좋았다. 하지만 가슴이 뻥 뚫린 것 같은 이 기분은 뭘까?

아까부터 못난이 인형들이 울음을 그치지 않는다. 자신들의 시를 봐주던 재리가 없으니 이젠 삶의 의미를 잃은 거나 마찬가지라며 며칠째 울어댄다.

나는 진열대 한쪽에서 낚시하는 고양이 인형들 틈에 끼어 계속 잠만 잤다. 이따금 고양이 인형들이 무언가를 낚았다며 환호성을 질렀지만, 대게 그들이 낚은 것은 허상일 뿐이었다.

험프티 덤프티는 뚱보 아줌마를 기다리는 중이다. '이제 곧 올 때가 됐는데, 올 때가 됐는데'라고 중얼거리며 있지도 않은 시계를 확인하려고 팔목을 들여다본다.

뚱보 아줌마는 그때 이후로 하루가 멀다고 메멘토이를 다녀갔다. 달걀 아저씨가 더는 위험하다며 기억 이식을 거부하자 아줌마는 정육점에서 쓰던 큰 칼을 가방에서 꺼내 위협하기까지 했다.

가게의 인형들은 언제부턴가 뚱보 아줌마를 눈사람 아줌마라고 불렀다. 성형중독에 걸린 사람처럼 기억 변형중독에 걸린 뚱보 아줌마가 눈사람처럼 부푼 다음에는 모두 녹아 없어질 거라고 수군거렸다.

하지만 나는 눈사람 아줌마에게 할 말이 없었다. 나는 그녀보다 먼저 흐릿해진 존재이니까, 그저 잊혀져버린 사람이니까.

달걀 아저씨는 손님이 올 때만 지상에 올랐고 나머지 시간에는 지하실에서 무언가를 뚝딱거렸다. 달걀 아저씨가 만든 것들은 지금껏 한 번도 본 적이 없는 물건들이었다. 자신의 마을에서 유행하던 것들이라고 하는데 도무지 형체를 알 수 없었다.

"아저씨, 이 장난감은 코알라죠?"

넌지시 물었을 때 달걀 아저씨는 이렇게 말했다.

"이곳의 동물 중에는 코알라랑 비슷하지. 우리는 '피코'라고 부른단다."

"그런데 왜 이런 장난감을 만드는 거죠?"

"기억하고 싶어서……."

"여기서 얻은 기억을 담아가려는 건 아니고요?"

"가져가도 이젠 나눌 수 있을지 모르겠구나. 그마저도 왜곡된 기억이 될지 모르니까. 열매의 집에 들어가 잠든 사람들이 다시 깨어날지도 의문이고."

"열매의 집이요?"

"그런 게 있단다. 나무에 달린 집이라고 보면 될 거야. 내가 사는 곳에서는 생명체가 나무에서 태어나거든. 잠도 나무에서 잔단다."

"인간들도요?"

"이 세계의 인간과 비슷한 존재도 그저 생명체 중 하나일 뿐이지. 오히려 인간보다도 영특하거나 사악한 족속들도 많아. 그들에게 인간류는 그저 고기에 불과할 거야."

온몸이 오싹했다. 사람이 돼지우리에 갇혀 꿀꿀거리는 모습이 눈앞에 아른거렸다. 그곳에도 정육점이 있고 사람 고기를 썰어 팔까? 물어보고 싶었지만 상상만 해도 끔찍해서 관두기로 했다.

"그렇다면 달걀 아저씨는 인간 쪽 아니었나요?"

"이곳의 동물로 치자면 나무늘보나 코알라에 가깝지. 늘 나무에서 사니까."

"그럼 지구에 사는 인간들은요?"

"거기서 인간은 지구 생물로 치자면 올빼미에 가까워. 잠을 잘 안 자거든. 그래서 다른 나무의 열매 집에 침투해 물건이나 기억을 훔치기도 곧잘 하지. 물론 제 주인의 명령을 받아서 말이야."

달걀 아저씨가 하는 말은 어려웠다. 지구와 다른 세계를 떠올리며 다른 존재와 비교하는 것 자체가 무리였다. 달걀 아저씨는 가만히 웃으며 내 머리를 쓰다듬었다. 두 귀가 쫑긋 선다.

"환경은 이곳과 비슷하지만, 문화가 달라서 아마 어려울 거야. 가령 우리 세계에서는 결혼 제도에 대한 개념이 없거든."

"그게 말이 돼요?"

"되고 말고. 그저 비슷한 나무 군락에서 살아가는 공동체 연합이 그 자체로 하나의 가정이야. 암수 구별도 없단다. 한 나무에서 열매 집이 세 개가 열리면 셋이 부부이자 부모고 부자이자 모녀지."

"너무 어렵네요."

"이거 하나만 기억하면 될 거야. 이곳에서 사고가 절대적이 아니라는 것. 당연하다고 생각했던 게 당연한 일이 아닌 것. 인간마저도 결국 열등한 생명체라는 것. 아니 우등과 열등의 구분조차 무의미하다는 것."

"제가 볼 땐 달걀 아저씨 세계에서는 전쟁 같은 건 없을 것 같은데, 어째서 모두가 식물인간이 된 거죠?"

"우리 세계에서 식물인간이 되었다는 건 그들 스스로 열매 집에 들어가 자기 자신을 봉인한 걸 의미해. 모든 생각과 욕구를 나무에 맡긴 채 자연의 흐름에 따르는 것이지. 그것이 우리 세계를 공멸하지 않게 하는 마지막 길이었거든."

"자신의 나무에서 잘 살면 되지 기억은 왜 서로 빼앗으려 한 거죠?"

"몇 번의 자연재해가 있었어. 다들 돌아갈 나무 집이 없었던 거지."

달걀 아저씨는 더 생각하기도 싫은지 만들어 둔 코알라 인형을 던져놓고 두 손으로 얼굴을 감싼다. 나는 더 묻지 않고 지상으로 올라온다.

손바닥만 한 텔레비전에서는 또 일본열도가 입은 지진피해 소식이 흘러나왔다. 이제는 원자력발전소에서 유출된 방사능이 도쿄에도 영향을 미치고 있단다. 관서지방에 사는 주민들도 진작부터 부산 쪽에 집을 알아본다고 했다.

교무 주임이 국사 시간에 관동 대지진에 대해 설명해준 게 떠오른다. 그날따라 교무 주임의 금테 안경이 더욱 반짝거렸다.

"1923년 도쿄 외곽 간토 지역에서 대지진이 일어났지. 1920년대면 우리나라에서 3·1운동이 일어난 직후라 일본에서는 나름 문화 정치를 표방하면서 식민 통치를 할 때야. 하지만 그건 다 구라야."

내가 교무 주임의 말을 똑똑히 기억하는 건 이때 진이가 질문을 했다가 교무 주임한테 알밤을 맞았기 때문이다.

"선생님! 구라는 일본말 아닌가요?"

한껏 폼을 잡다가 이미지를 구긴 교무 주임이 머뭇거렸다. 하지만 그런 교무 주임을 구해낸 건 역시 한솔이었다. 녀석은 스마트폰을 두드리면서 말했다.

"구라라는 말은 일본말이 아니고, 거짓이나 가짜를 속되게 이르는 우리말이야. 속된 말이니까 비속어라고 해야겠지?"

아이들은 또 속삭였다. 한솔이는 교무 주임의 숨겨둔 아들이 분명하다고. 진이가 무안했는지 톡 쏘아붙였다.

"그게 맞는지는 담탱이, 아니 담임 선생님한테 물어보면 될 거 아냐!"

한솔이도 지지 않았다.

"담탱이는 은어의 부류에 속할 거야. 뭐 비속어나 은어나 일일이 구분할 필요까지는 없지만."

진이가 날 돌아보며 입을 삐쭉거렸다. 입 모양을 보니 '저 녀석, 송장풍 아들은 아닐까?'라고 말하는 것 같았다. 진이와 나는 동시에 입을 틀어막았다.

자존심을 회복한 교무 주임이 큼큼 헛기침으로 목을 다듬고 나서 의기양양하게 말을 이었다.

"간토에서 대지진이 일어나자, 거의 십만에 가까운 사람들이 죽어 나갔지. 그런데 중요한 건 그 와중에 일본인들은 희생양이 필요했다는 거야. 그게 내부적인 결속을 다지는 동시에 국민들의 공포와 분노를 외부로 표출하는 길이긴 했지."

"그 희생양이 식민지 조선인이었나요?"

마치 각본을 짜놓은 듯 한솔이가 정확한 타이밍에 질문했다. 교무 주임이 과장된 몸짓으로 고개를 끄덕였다.

"맞아. 근거도 없는 유언비어를 퍼뜨려 조선인들을 표적으로 삼았지. 일본 내무성을 필두로 각종 언론이 앞장섰어. 조선인들이 혼란을 틈타 불을 질러 일본인들의 재산을 약탈한다느니 우물에 독약을 풀어 상황을 악화시킨다느니 등등."

한솔이가 추임새까지 넣으며 다시 물었다.

"그래서 우리는 어떻게 됐나요?"

"그때 일본 경찰과 우경 세력들에게 억울하게 죽은 조선인들만 거의 만 명에 가까워. 그거야말로 정말 학살이라고 할 수 있지."

당시 반 아이들은 와 소리와 함께 탄성을 질렀다.

달걀 아저씨네 세계의 생명체들도 같은 맥락이었을까? 살아갈 땅이, 나무가, 터전이 없어 서로의 기억을 조작하여 나무 군락을 차지하려고 했을까?

이곳 메멘토이에서 내가 맡은 역할은 손님이 왔을 때 지하실 나무 뚜껑을 두드리는 일이다. 어쩌다 달걀 아저씨가 자신이 빚은 인형을 끌어안고 깊이 잠들 때면, 쫓아내려 가서 달걀 아저씨의 볼때기를 할퀴기도 했다.

장난감 인형들끼리 말다툼을 하면 앞발을 휘저으며 눈을 부라리는 일도 내 몫이었다. 하지만 녀석들은 본래 내 모습이 여고생인 걸 알고 그다지 무서워하지 않는 눈치였다. 조만간 고양이 발톱이 얼마나 무서운지 태권도 품새로 보여줘야겠다.

문짝에서 방울 소리가 난다. 가게 문이 열리고 웬 꼬마 하나가 들어선다.

노란색 멜빵바지에 노란색 운동화를 신은 남자아이였다. 가만 어디서 본 것 같기도 한데, 생김새가 꼭 짱구 같이 생겼다.

'어디서 봤더라. 아, 생각났다. 얼마 전 빗속에서 변태를 만났을 때 옆에서 얼쩡거리던 그 초딩!'

짱구는 넋을 놓은 채 장난감들을 둘러본다. 눈동자가 풀려서 회오리 사탕처럼 뱅글뱅글 돈다. 게다가 침까지 흘린다. 못난이 삼 남매를 따라 우는 표정을 지었다가, 험프티 덤프티를 이래저래 눌러보다가, 만화영화 주제가를 흥얼거리며 함빡 웃는다.

그때였다. 방심한 사이, 짱구가 건담 조립 인형을 낚아채어 밖으로 내달린다. 나무 뚜껑을 뒷발로 치켜들고 다급하게 소리친다.

"웬 꼬마 녀석이 건담을 훔쳐 도망갔어요!"

한마디 툭 던져놓고 짱구를 추격한다. 녀석은 학교 뒷골목을 지나 낙산 성터 쪽으로 내달린다. 숨이 차지도 않는지 속도가 더 빨라진다. 짱구의 손에 들린 건담이 흥분해서 소리친다.

"이렇게 날아본 건 처음이야! 이제 비로소 진정한 건담으로 태어날 수 있겠군."

나도 속도를 더욱 높인다. 네 발로 뛰니까 확실히 다르긴 다르다. 몸체가 스프링처럼 구부러졌다 펴지는 게 달리면 달릴수록 보폭이 커진다.

"이 녀석 거기 서지 못해!"

악바리를 질렀지만, 짱구가 괭이 소리를 알아들을 리 만무

했다. 헉헉, 숨을 몰아쉬는 소리가 들려온다. 달리던 녀석이 갑자기 옆 골목으로 홱 꺾어 들어간다. 우리 집이 있는 골목이다. 짱구는 바로 내가 사는 다세대 주택 옆 건물로 들어가 철문을 닫아버린다.

갑자기 팔다리, 아니 네 다리에 힘이 쭉 빠진다. 이대로 철문을 이마로 들이받을 수도 없는 노릇이고, 그렇다고 초인종을 누를 수도 없으니 더는 내가 할 수 있는 게 없었다. 어디로 들어갔는지 잘 봐두었으니 달걀 아저씨에게 가서 전하는 수밖에.

숨을 돌리며 뒤돌아서는데 우리 집이 눈에 들어온다. 창문이 반쯤 열려 있다. 맞은편 집의 돌담으로 뛰어오른다. 가뿐하다. 이래서 집에서 키웠던 고양이들이 밖으로 나가려고 안달했구나. 방 안의 모습이 훤히 들어온다.

할머니와 엄마는 어떻게 지내고 있을까. 일단 올라서긴 했지만 살펴볼 용기가 나지 않아 눈을 감는다. 오랜만에 내가 살던 동네에 오니 마음이 편안했다. 눈을 감으니 귀가 떠진다.

"너 이거 어디서 났어, 빨리 말하지 못해!"

앙칼진 여인의 목소리가 날아든다. 이건 짱구의 집에서 나는 소리가 분명하다. 엄마한테 된통 혼나고 있나 보다. 그럼 그렇지. 좀만 기다려, 달걀 아저씨한테 말해서 아주 혼쭐을 내줄 테니까.

짱구가 훌쩍이는 소리에 이어 바람이 건물 사이로 몰아치는 소리, 과자봉지가 굴러가는 소리, 개가 짖는 소리가 귓속으로 날아든다.

온몸에 털이 곤두선다. 개가 한번 짖었기로서니 몸이 이렇게 반응하다니 신기할 따름이다.

엄마의 목소리도 들려온다.

"어머니, 미음 드시고 다시 누우세요."

미음이라고? 이것저것 식성 좋게 잘 드시던 할머니가 무슨 미음, 어디 아프시나?

엄마가 한숨을 내쉬며 말한다.

"아리는 아직 못 찾았데요. 병원에서 갑자기 사라졌다고 하네요. 어머니가 쓰러지셔서 면회 한번 못 갔는데 그 새 없어지다니."

하마터면 담벼락에서 미끄러져 고꾸라질 뻔했다. 아무리 고양이 목숨이 여러 개라고 하지만 이대로 놀라서 숨이 멎으면 다시 소생할 수 없을지도 모른다.

할머니가 쓰러지셨다니, 그리고 엄마가 나를 잊은 게 아니라니!

여기까지 달려온 것의 두 배속으로 메멘토이를 향해 질주한다. 가게에 들어서자마자 아저씨에게 따진다.

"이게 어떻게 된 거죠? 엄마가 날 아직 잊지 않았잖아요. 그런데……."

"그런데, 뭐가 문제지?"

"왜 제가 하자는 대로 고양이 몸에 저를 넣은 거냐고요."

"그렇지 않으면 투명인간으로 뭘 어쩌겠다고?"

"그, 그건……."

"네 몸이 흐릿해진 건 결국 네가 그들뿐 아니라 너 자신도 포기했기 때문이야."

달걀 아저씨는 먼지떨이로 진열대를 툭툭 치면서 심드렁하게 대꾸한다. 뭐라고 화라도 내고 싶었으나 그 말을 듣는 순간 온몸에 힘이 빠졌다.

"그래도 엄마가 나를 기억하고 있다면……."

"그나마 네가 아직 존재하는 이유일 뿐."

가슴이 쉽게 가라앉지 않는다. 엄마가 나를 기억하는 게 반갑기도 하고 한편으론 걱정된다. 이대로 언제까지나 맘 편하게 고양이로 있을 순 없었다. 하지만 몸이 다시 돌아오기 전까진 기다려야 한다.

"그나저나 짱구, 아니 꼬마가 사는 집이 어딘지 알아뒀어요. 빨리 가서 손버릇을……."

달걀 아저씨가 건담이 있던 자리를 손으로 쓸며 말한다.

"아니야. 그냥 내버려두자."

괜히 내가 안달이 난다.

"'세 살 버릇 여든까지 간다', '바늘 도둑이 소도둑 된다' 이런 속담들은 아저씨 세계에 없었나 보죠? 하긴, 도둑질했던 기억도 바꾸면 되니까 간단하겠네요."

"그만, 그만하렴."

달걀 아저씨의 얼굴에 짙은 그림자가 드리워진다. 아저씨는 자기 고향만 떠올리면 금세 눈 밑이 검게 변한다. 아랑곳하지 않고 짱구 이야기를 꺼낸다.

"안 그래도 엄마한테 혼나고 있더라고요. 그러니까 확!"

"그러니까 됐지. 생판 모르는 가게 아저씨보다 엄마한테 꾸지람을 들은 기억이 그 아이에게 더 필요할지 모른다는 생각이 드는구나. 조금 있으면 아이 엄마가 건담을 가져올 거다."

정말 신기하게도 달걀 아저씨의 말이 끝나기가 무섭게 메멘토이의 문이 열린다.

갈색 계열의 정장을 입은 미시 아줌마가 짱구의 손을 이끌고 들어온다. 아줌마는 달걀 아저씨에게 자초지종을 설명하고 깊이 고개를 숙인다. 짱구도 엄마를 따라 허리를 숙이다가 다시 울음을 빵 터뜨린다. 짱구네 엄마는 그런 아들의 엉덩이를 두드린다.

"아저씨에게 하고 싶은 말 있다고 하지 않았어?"

"아저씨, 잘못했어요. 앞으로는 안 그럴게요."

짱구가 울먹이며 말끝을 흐리자 그제야 엄마는 짱구를 안아준다.

달걀 아저씨도 고개를 끄덕이며 짱구 손에 다른 로봇 인형까지 꼭 쥐여준다. 짱구의 손을 덮은 달걀 아저씨의 손등이 떨린다.

갑자기 엄마가 보고 싶다. 할머니랑 친구들 그리고 어렴풋이 떠오르는 한 남자애까지.

문득 하늘을 올려다보니 햇살이 상처 입은 구름에게 수혈을 한다. 서서히 저녁놀이 지고 있었다.

사랑이라니, 정민아

저녁놀을 등에 업고 누군가 가게를 비집고 들어온다. 한 발 내딛자 그림자가 먼저 키다리 아저씨처럼 내 몸을 감싼다.

정민이의 어깨에서 아지랑이가 피어오르는 것 같다. 언제 저렇게 컸을까. 괜스레 가슴이 두근거린다. 더욱 놀란 건 정민이 나에게 말을 걸었을 때였다.

"오랜만이야, 재리."

정민이도 예전의 재리를 알고 있었던 것일까? 내가 들어오기 전, 보라 고양이의 몸을 가지고 있던 존재에 대해서 말이다. 그렇다면 나머지 두 개의 초대권 중 하나는 정민이가 가져간 것일까? 무슨 말을 해야 할지 몰라 '야옹' '야옹' 고양이 울음소리만 낸다. 그러자 정민이가 쭈그리고 앉아 내 등을 쓰다듬는다. 한 발 뒤로 물러서서 털을 곤두세운다.

'이래 봬도 여자의 몸이라고!'

내가 더는 울지 않자 정민이가 말한다.

"묵언수행이라도 하는 거야, 재리?"

할 수 없지. 어차피 목소리는 이전의 재리와 똑같으니까. 시치미를 떼고 입을 연다.

"그런 건 아니고."

"그럼 뭐야?"

역시 정민이도 내 목소리를 알아들을 수 있었다. 나무패를 가졌다면 이 가게에 있는 장난감들의 목소리도 들을 수 있으리라.

그런데 웬일인지 말 많던 장난감들도 정민이를 보자 합죽이가 되었다. 못난이 인형들도 울음을 멈추고 숨을 삼킨다. 한 녀석이 딸꾹질하자 다른 녀석들도 따라 한다.

"무슨 일로 온 건데?"

정민이는 어떤 기억을 손봤을지 궁금하다. 태권도 경기가 잘 안 풀리거나 외교관 아버지의 기대가 너무 버겁다거나, 뭐 그런 이유와 관련이 있지 않을까.

"주인 아저씨는 밑에 있니?"

내 말은 아랑곳 않고 침울한 얼굴로 정민이가 되묻는다.

"하얀 방에 있어."

"그게 뭔데?"

정민이는 아직 달걀 아저씨의 정체를 모르는 것 같다. 나처럼 꼬치꼬치 캐묻지 않는 묵묵한 성격이라 더 그럴 거다. 하지만 기억을 매매했다면 분명 하얀 방에 들어가지 않았을까. 고개를 갸웃거리며 정민이가 말한다.

"태권도장 말이니?"

"응?"

"책장 뒤에 있던 태권도장. 어릴 때 내가 다녔던 도장이야. 지금은 없어졌지만."

정민이는 하얀 방에서 태권도장을 봤구나. 정민이와 같이 태권도장을 다니긴 했지만 잘 기억나지 않는다.

나는 지하실 나무 뚜껑을 왼발로 톡톡 두드린다.

"손님 오셨니?"

잠시 뒤 달걀 아저씨는 잠에서 깬 것 같은 몽롱한 목소리로 되묻는다.

"정민이가 왔어요."

"더 볼 일 없을 텐데 무슨 일 때문에 왔는지 물어봐줄래?"

달걀 아저씨가 시큰둥하게 말하자 정민이가 바닥에 대고 소리친다.

"아저씨 사기꾼이죠?"

"응, 뭐라고?"

정민이가 두 주먹을 쥐고 더욱 큰 소리로 되묻는다.

"당신, 사기꾼 아니냐고!"

잠시 전까지 웃으며 여유를 보이던 정민이가 온몸을 부르르 떤다. 어릴 때부터 같이 다녔지만 크게 소리치는 모습은 처음 본다.

"아무리 잊으려 해도 잊히지 않아요. 아저씨가 분명 기억을 바꿔주신다고 했잖아요. 그런데 왜 자꾸 생각나는 거죠? 시간이 지날수록 왜 그 애가 더 보고 싶은 거냐고요!"

보고 싶다는 애는 아마도 상희겠지. 나도 괜히 심술이 나서 끼어든다.

"그 몸매 잘빠진 애?"

"괭이 넌 빠져."

"사귀면 좋지 뭘. 혹시 싸우기라도 한 거야?"

"넌 빠지라니까!"

정민이의 얼굴이 잔뜩 일그러진다. 정민이의 말이 끝나기도 전에 나무 뚜껑이 스르륵 열린다. 달걀 아저씨가 놀란 얼굴로 고개를 내민다.

"여태까지 내 기억 이식이 안 먹힌 적은 단 한 번도 없었는데, 정말 희한한 일이구나."

"둘러대지 마세요!"

요즘 들어 메멘토이에 떠들썩한 일이 자주 생기는 것 같다.

달걀 아저씨도 흥분해서 소리친다.

"그 애가 그렇게 보고 싶더냐. 그렇게 잊을 수 없으면서 왜 내게 찾아온 거냐. 그렇게 좋으면 아파도 이겨낼 것이지."

갑자기 상희가 부러워진다. 저렇게 착하고 다정한 애가 좋아해 주니 얼마나 좋을까? 아무리 집안일이 힘들어도 둘만의 사랑으로 이겨낼 수 있을 테니까.

달걀 아저씨가 마침내 지하실에서 올라와 내 앞에 선다. 아저씨는 정민이의 얼굴을 빤히 들여다보며 낮은 목소리로 묻는다.

"다시 한 번 묻겠다. 그게 정말이냐. 그 이후에도 계속 그 아이가 생각났다는 게, 정말 사실이냐?"

정민이가 떨리는 목소리를 주체하지 못한 채 울먹인다.

"네, 게다가 요새 그 아이가 학교에 오지 않아서 더 미칠 것 같다고요."

상희가 가출이라도 했나? 병원에서 봤던 상희의 모습이 떠오른다. 나 때문에 반 아이들에게 엄마의 상태가 알려질까 봐 두려웠을까.

달걀 아저씨는 한숨만 내쉴 뿐 더는 아무 말도 하지 않는다. 못난이 삼 남매가 소리를 내지 않으려고 서로의 입을 틀어막는다. 로봇 장난감들은 태권브이와 간담이 짱구에게 간 뒤로 구심점을 잃었다. 그저 어설프게 눈을 치뜬 채 다른 인형들의 몸짓만 단속하는 눈치다.

얼마간 무연하게 서 있던 달걀 아저씨가 힘겹게 몸을 틀어 날 돌아본다.

"재리, 잠깐 밖에 나가 있을래?"

"그냥 여기 있으면 안 되나요?"

"잠깐이면 돼. 중요한 일이거든."

가게 문을 앞발로 밀고 밖으로 나선다. 학교수업을 마친 아이들이 뒷문 밖으로 나오고 있다. 둘씩, 셋씩 팔짱을 낀 채 떡볶이를 먹으러 분식집으로 향하는 아이들, 노을이 진 하늘을 올려다보며 크게 숨을 들이켜는 아이들, 그저 고개를 푹 숙인 채 뚜벅뚜벅 집에 가는 아이들이 보인다.

그립다. 평범하게 학생으로 살았던 날들이. 성터를 향해 발걸음을 내딛으려 하는데 온몸의 털이 또 곤두선다. 정민이가 또 한 번 기합처럼 소리를 내질렀기 때문이다.

무엇이 착한 정민이의 마음을 저렇게 뒤흔들어놓았을까. 정민은 목이 메는지 컥컥 숨을 몰아쉬기까지 했다.

"가슴이 답답해 미칠 것 같아요. 까먹은 줄 알았던 그 애 표정이 생생하게 떠오를 때면요. 그 애에게 건넨 초콜릿이 꿈에 나오는 날이면 잠도 못 자요. 그 애가 사라진 걸 이제야 알아차렸다니. 숨이 막혀서, 숨이 막혀서 죽어버릴 것 같아요."

"미안하게 됐구나."

"아저씨가 바꿔준다고 했잖아요. 이번 한 번만이니 더는 안 된다고 경고까지 했잖아요. 그런데 왜, 왜 그 애가 더 선명하게 보이죠? 잊으려고 몸부림치면 칠수록 왜 그 애 얼굴이 제 가슴에 더 깊이 새겨지느냐고요."

상희가 그렇게까지 좋았을까. 질투가 난다. 얼굴만 반반했지 성격은 꽝이었는데 말이다. 남자들이란 다 똑같다.

하지만 다음 순간 정민이가 또 소리쳤을 때, 나는 그만 두 다리 아니 네 다리가 모두 풀려 그 자리에 주저앉고 말았다.

"채아리, 너 어디에 있는 거야. 보고 싶단 말이야. 미치도록 네가 보고 싶다고!"

얼결에 정민이를 따라나선 꼴이 됐다. 달걀 아저씨한테 묻고 싶은 게 또 많아졌지만 정민이가 걱정되어 이대로 보낼 수 없었다. 정민이와 눈높이를 맞추기 위해 성터 지붕 위로 뛰어오른다.

찬찬히 정민이의 옆모습을 살핀다. 둘 다 말이 없다. 정민이는 계속 한숨만 쉬었다. 나도 한숨을 쉰다.

한 차례 센 바람이 지나가면서 꽃잎을 흩뿌린다. 활짝 핀 벚꽃이 성터 길을 따라 늘어섰고, 숨바꼭질하는 아이들이 우리 주위를 알짱거렸다. 어떤 녀석은 내게 발길질까지 해댄다.

"야옹!"

꼬마를 노려보며 꼬리를 세운다. 퍼뜩 놀라서 줄달음치는 아이의 모습이 고소하다. 다른 아이들은 그런 내 모습이 재밌는지 깔깔 웃는다.

성터 길 너머로 동대문운동장이 있던 자리가 보인다. 저녁이면 어둠 속에서 경기장 조명과 함께 울려 퍼졌던 함성들이 떠오른다. 이제는 우주선 모양의 역사문화공원으로 바뀌었지만, 정민이와 서로 다른 야구팀을 응원하며 야구장을 찾던 기억도 난다.

먼저 정민이에게 말을 걸었다.

"넌 아마 두산베어스를 응원했지? 계속 삼성한테 지고 있어서 답답하겠지만."

정민이가 고개를 들어 날 본다. 눈빛에 그리움이 잔뜩 묻어 있다. 금세 생기가 돈다.

"어떻게 알았니? 난 곰들을 응원했고, 아리는 사자들을 응원했거든."

"둘 다 꿀리지 않는 승부를 보여주었지."

"재리, 너 잘 아는구나. 아리와 나, 아무것도 모르던 녀석들이 태권도장 관장님 덕분에 야구를 보게 되었지."

그랬다. 난 사자가 좋았다. '라이온스'라는 이름과 캐릭터가 그냥 좋았다. 야구 규칙을 모르면서도 나는 마스코트가 나오면 박수를 쳐댔다. '라이온', '라이온즈' 라고 이름을 부르면 마음까지도 사자 갈기처럼 부풀어 오를 것만 같았다.

정민이가 웃는다. 오래전 나와 함께 응원했던 기억을 떠올리니 기분이 한결 나아졌나 보다. 나도 같이 웃는다.

'기억이란 게 이런 거구나. 묵혀두면 묵혀둘수록 묵은지처럼 깊은 맛을 우려내는…….'

고양이의 몸으로 지붕을 걸으니 높이가 두렵지 않았다. 도성 바깥쪽 높이는 사람이 가장 공포를 느낀다는 11미터에 가까웠다. 하지만 고양이의 눈에는 그리 높지 않게 보인다. 이대로 가뿐히 뛰어내릴 수도 있을 것만 같다.

사람의 방식이 좋은 것만은 아니라는 걸 고양이가 되고서야 알게 되었다. 지금 모습으로도 아주 재미있게 살아갈 수 있을 것 같았다. 인간들이 다른 생명체들의 양식까지 침해하지 않는다면 말이다. 팔다리를 쭉 펴면, 하늘다람쥐처럼 나무와 나무 사이를 건너뛸 수도 있을 것 같다.

나는 초등학교 때까지도 하늘을 나는 꿈을 포기하지 않았다. 보자기를 어깨에 두르고 슈퍼맨처럼 더 높은 계단에서 뛰어내리는가 하면, 스파이더맨처럼 누가 더 울퉁불퉁한 벽을 높이 올라가나 태권도장 친구들과 시합을 하기도 했다.

승리욕이 강했던 나는 항상 가장 높은 곳까지 오르곤 했는데 그만큼 굴러떨어진 적도 많았다. 그래서 내 뒤통수엔 땜빵이 수두룩했다. 작은 몸으로 피를 흘리면서도 다시 기어올랐는데 그럴 때면 친구들은 무서워서 슬금슬금 집으로 돌아갔다.

그런데 딱 한 번 무서워서 벌벌 떨었던 적이 있다. 친구들과 더 높은 계단에서 뛰어내리기 내기를 했을 때였다.

한 계단에서 옆으로 뛰어내리고, 두 계단에서 옆으로 뛰어내리고, 세 계단에서, 넷에서, 다섯, 여섯, 일곱 개에서 뛰어내렸다. 열 계단까지 올랐을 때 친구들은 대부분 포기하거나, 발목을 삐서 더 이상 같이 놀 수 없었다.

혼자 으쓱해 하며 열 번째 계단에서 뛰어내릴 준비를 했다. 그런데 순간 다리가 후들거렸다. 아홉 개와 열 개의 차이는 여덟 개와 아홉 개의 차이와 퍽 달랐다. 정신마저 아찔했다. 주위를 살피자 남은 친구들이 손을 모은 채 주시하고 있었다.

갑자기 너무 무섭고 외로워졌다. 이제 다시는 저 계단을 걸어 내려갈 수 없게 된 것이다.

그런 내 마음을 알아차리고 달려와서 내게 등을 내민 기사가 있었으니 바로 정민이었다. 그때도 키가 또래들보다 커서 열 번째 계단에서도 정민이의 등은 멀지 않았다. 넓고 커다란 정민이의 등짝. 나는 정민이의 등을 향해 날개를 폈다.

아까부터 꼭 묻고 싶었던 것을 정민에게 묻는다.

"언제부터였니?"

정민이가 씁쓸하게 웃는다.

"글쎄, 언제부터였을까. 나도 잘은 모르겠어. 어느 순간 아리가 옆에 없으면 가슴이 텅 빈 것 같았거든. 아빠는 외교관 일로 바빠서 나랑 놀아줄 틈이 없었고, 엄마는 엄마대로 아빠 뒷바라지하느라 항상 분주했지. 아리밖에 없었어. 늘 내 곁에 있어준 아이는……."

얼굴이 화끈거린다. 고양이 주제에 말이다.

"그럼 한번 말해보지 그랬어?"

"여러 번 시도했어. 그런데 입이 안 떨어지는 걸 어떡해. 지난 밸런타인데이 때 초콜릿 금메달을 주면서도 얼마나 고백하고 싶었는데……."

'가만, 정민이가 나한테 초콜릿을 주었다고? 그건 기억에 없는데…….'

뭔가 이상했다. 그 장면을 떠올리려고 할 때마다 손오공처럼 머리에 감긴 금강권이 옥죄는 듯한 이 느낌은 도대체 뭐지?

"말하지 그랬니. 어쩌면 그 애도 기다리고 있었을지도 모르잖아."

"말 안 해도 우리 사이라면 알 것 같았어. 하지만 그래도 남자답게 말했어야 했어. 이제 볼 시간도 얼마 안 남았는데……."

"얼마 안 남았다고?"

"빨리 아리를 찾을 수 있었으면 좋겠어."

시간이 없다는 게 무슨 소릴까. 더 묻고 싶었지만 머리가 아파서 걷기가 힘들었다. 삼장법사, 아니 달걀 아저씨가 무슨 주문이라도 외는 것 같았다. 잠시만 시간이 멈췄으면 좋겠다. 아주 잠시만.

메멘토이에 돌아온 뒤에도 두통은 사라지지 않았다. 혼란스러웠다. 엄마를 비롯한 정민이도 날 기억한다는 사실이. 그리고 고양이의 몸으로 무엇을 해야 할지 어리둥절한 기분이 들었다.

"이게 어떻게 된 일이죠. 정민이가 왜 저를……."

달걀 아저씨는 아무런 대답도 없이 다시 지하 창고로 내려간다. 답답한 나는 나무 뚜껑을 열려고 했지만, 안에서 닫아걸었는지 열리지 않는다.

"못난이들, 너희 뭐 아는 거 없어?"

못난이 삼 형제도 계속 내 눈치만 본다. 지분거리던 흰 눈물마저 뚝 멈춘다.

"험프티 덤프티 너는?"

험프티 덤프티도 눈을 끔뻑거리며 두 손으로 길고 커다란 머리를 쥐고 흔든다.

"이 녀석들이……."

그때 밑에서 달걀 아저씨의 음성이 들려온다.

"네가 잊겠다고 자처한 기억을 이제 와서 다시 끄집어내고 싶은 이유가 그 남자애 때문이냐. 감당할 수는 있겠느냐?"

"그건……."

달걀 아저씨답지 않은 육중한 음성에 선뜻 대꾸할 말이 떠오르지 않았다. 그 말을 들으니 망설여졌다. 내가 지운 기억들을 다시 돌려놓았을 때, 어떤 고통이 다시 나를 숨 막히게 할지. 아직 이겨낼 자신이 없었다.

그때였다. 누군가 가게 문을 요란스레 밀고 들어선다. 바깥 바람과 함께 고기 냄새가 훅 끼쳐온다. 눈사람 아줌마다.

"아저씨 계세요?"

아줌마는 한동안 진열대를 기웃거렸다.

"거기 계시느냐고요?"

아무런 대답도 없자, 눈사람 아줌마는 직접 지하실 뚜껑을 찾아서 바닥을 발로 마구 쿵쾅거린다. 세차게 두들겼지만 문은 열리지 않는다. 다급해진 아줌마는 엎드려서 손으로 마구 두드린다.

"거기 있는 거 다 알아요. 빨리 열어주세요!"

달걀 아저씨는 계속 묵묵부답이다.

"문 안 열면 아시겠죠?"

눈사람 아줌마가 빨간 손가방에서 식칼을 꺼낸다. 당장 문을 열지 않으면 바닥을 온통 도륙이라도 낼 태세다. 달걀 아저씨가 문을 확 밀고 올라선 것은 그때였다. 눈사람 아줌마는 뚜껑에 치여 뒤로 나자빠졌다.

"정육점에 걸린 고기의 살점들도 기억을 가지고 있답니다. 하지만 눈사람 아줌마는 그런 냉동육보다도 못한 고깃덩어리군요. 칼을 휘두르려면 저한테 하세요. 제가 토막이 나더라도 더는 안 됩니다."

달걀 아저씨가 큰 소리로 꾸짖자 눈사람 아줌마의 얼굴이 새빨개진다. 식칼을 모아 쥔 두 손이 부르르 떨린다. 어느새 눈사람 아줌마의 몸도 투명한 젤리처럼 흐릿해져 가고 있었다.

달걀 아저씨는 눈을 감고 팔짱을 낀 채 미동도 하지 않는다.

"아저씨. 제, 제발이요……."

눈사람 아줌마는 협박이 더는 안 먹힌다고 판단했는지 무릎을 꿇고 빈다. 달걀 아저씨는 고개를 흔든다. 눈사람 아줌마는 눈물까지 흘리며 애원한다. 하지만 달걀 아저씨는 본 척도 하지 않는다.

"그럼, 다음에 다시 올게요. 그땐 꼭 부탁해요."

"다시는 오지 마세요. 오셔도 소용없습니다."

눈사람 아줌마는 체념한 듯 힘없이 일어서서 밖으로 나간다. 발걸음도 없이 스르르 떠다니는 처녀 귀신 같다. 가게의 인형들은 눈사람 아줌마의 몸이 사라지면, 피신할 곳은 먹깨비 인형밖에 없을 거라며 입을 모았다.

"후유."

눈사람 아줌마가 가고 난 뒤에도 달갈 아저씨는 오래도록 숨을 골랐다. 달걀 아저씨는 평소와는 달리 적잖이 흥분한 것 같았다. 눈사람 아줌마의 모습이야말로 달걀 아저씨가 살던 세계에서 잠든 이들의 모습이 아닐까.

잠시 뒤 달걀 아저씨가 힘없이 내게 말했다.

"너도 무슨 기억이 떠오르는 거냐?"

"네."

"말해보렴, 어떤 건지."

"노란 메달이 떠올라요. 그리고 정민이가 그걸 제게 걸어주는 모습이요. 이상해요. 정민이가 다녀간 뒤로 하나둘씩 잘렸던 영화 필름이 띄엄띄엄 머릿속에서 돌아가는 것 같아요."

"먼젓번 재리가 원래 모습을 다시 찾았을 때도 느낀 거지만, 지구의 인간들은 정말 이상한 존재로구나."

"뭐가요?"

"아니다. 준비하렴, 어쩌면 너도 곧 다시 아리로 돌아갈 수 있을지 모르겠구나. 네가 잊으려 했던 사람들인데 그들은 널 잊지 않으려 애쓰고 있다니, 넌 참 복 받은 아이구나."

"이곳의 이야기들은 잘 전해지고 있나요? 아저씨네 동료들한테."

달걀 아저씨의 얼굴이 다시 어두워진다.

"아니, 며칠 전부터는 어떤 답신도 없단다. 그들도 모두 기억을 잊어버린 게 아닌지 걱정이 되는구나."

"아저씨는 잊지 않았잖아요."

무심코 대꾸한 내 말에 달걀 아저씨의 표정이 다시 환해진다. 아저씨는 가만히 내 등을 쓰다듬는다.

"네 말이 맞는구나."

"아저씨가 한 사람, 한 사람 붙들고 있으면 그들도 언젠간 열매 집에서 깨어날 거예요. 깨어나면 아저씨를 떠올리겠죠."

"그때가 올 수 있을지 모르겠다."

"올 거예요. 아저씨만 포기하지 않으면요."

"고맙구나. 발신을 멈추지 않아야겠다."

지하실 소파에서 책을 보던 달걀 아저씨가 잠들었다. 아저씨의 남은 머리카락은 날개가 맞았다. 깊은 잠에 빠져들자 아저씨 머리의 작은 날개들이 한 올 한 올 피어올랐다. 그러더니 한 데 뭉쳐 파닥거리기 시작했다.

그것들이 날갯짓하자 달걀 아저씨의 몸이 낮게 떠올랐다. 아저씨가 숨을 들이쉬자 살짝 몸이 떴고, 내쉬자 몸이 가라앉았다. 강물 속을 유영하는 듯했다.

달걀 아저씨는 꿈속에서 열매 집을 생각할지도 모른다. 엄마 뱃속에서 웅크린 아이처럼 아저씨의 얼굴이 편안해 보인다. 그 달콤한 잠을 방해하지 않고 올라온다.

가게 밖으로 나와 하늘을 올려다보니 달이 떴다. 둥근 달은 어두워지자 더 선명했다. 그 안에서 흐르는 달의 강이 보인다. 강줄기를 따라 반짝이 돌들이 보인다. 이대로 펄쩍 뛰어오르면 닿을 수도 있을 것만 같다.

나는 이단 옆차기할 때보다 훨씬 높이 뛰어오른다. 그런 게 있다면 삼단, 사단 옆차기라도 할 수 있을 것만 같았다.

이제 무엇도 두렵지 않았다.

다음 날 진이가 메멘토이 가게를 찾았다. 오랜만에 본 진이가 반가웠지만 선뜻 다가서기가 어려웠다. 내가 말을 걸었지만 전혀 알아듣지 못했다. 한층 수척해진 모습이 안쓰럽기만 했다. 진이는 물끄러미 못난이 인형들만 쳐다본다.

"뭐 찾는 거라도 있니?"

달걀 아저씨가 묻자 진이가 못난이 인형들에게 눈을 떼지 않고 말한다.

"찾는 사람이 있어요."

"못난이 인형을 데리러 온 건 아니고?"

"관심이 있는 건 맞는데요. 내가 못난이 인형에게 관심이 있다는 걸 알아준 친구가 지금 옆에 없거든요. 그 아이가 돌아와야 마음 놓고 살 수 있을 거 같아요."

진이도 날 기억하고 있었던 것일까. 아니면 다시 생각해낸 것일까. 또 다시 가슴이 뛰기 시작한다. 진이가 말한다.

"한동안 이상했어요. 분명 내 옆에 쌍둥이처럼 붙어 다니던 친구가 있었는데 떠오르지 않는 거예요. 전엔 우리 반의 쑥과 썬이 부럽지 않았는데, 요새는 볼 때마다 가슴이 쓰렸어요."

"왜 쓰렸니?"

"못난이 인형들을 보고 알았어요. 뭔가 잘못되었다는 사실을요. 녀석들처럼 늘 붙어 있지 않았지만, 옆에 단짝이 있었다는 건 알게 되었어요. 그제야 아리가 생각났어요."

달걀 아저씨가 시치미를 떼고 물었다.

"아리란 애는 어디 있는데?"

"빈자리가 보이기 시작했어요. 반 아이들도 하나, 둘씩 뭔가가 잘못됐다는 사실을 알게 되었고요. 정민이랑 한솔이가 아리의 사진을 들고 다니며 찾고 있어요. 저도 아리 집에 다녀왔고요."

"어떻게 됐니?"

"병원에서 사라졌대요. 가출한 건지, 누가 업어갔는지, 실종신고가 접수된 상태래요."

진이가 못난이 인형들의 머리를 쓰다듬다 울음을 터뜨리고 만다. 달걀 아저씨는 난감한지 못난이 인형을 진이에게 건넨다.

"이거 가져갈래?"

진이가 콧물을 훔치며 말한다.

"다음에요. 아리가 돌아오면 사갈게요. 고마워요."

진이가 힘없이 눈인사를 하고 돌아선다. 진이의 뒷모습을 보고 있자니 내가 더 마음이 아팠다. 거꾸로 내가 엄마가 된 것 같다고나 할까. 이젠 정말 돌아가야 할 때가 되었다는 생각이 든다. 아직 날 기억하는 사람이 있다면 더는 이런 고양이의 몸속에 숨어있을 수만은 없다.

하지만 내 기억은 아직 멍멍하다. 이대로 몸만 돌아간다고 해서 달라지 게 있을까. 기억이 돌아온다고 해도 현실은 그대로 일지도 모른다. 또다시 도망칠지도.

달걀 아저씨가 의문을 담은 얼굴로 날 보았을 때, 난 할 말이 떠오르지 않았다.

"아직 어떻게 해야 할지 잘 모르겠어요. 아리 둘이서 싸우는 느낌이랄까……."

달걀 아저씨가 고개를 끄덕인다. 나는 가게 문을 열고 나와 학교 쪽을 바라본다. 수업 종이 울린다.

지금쯤 교무 주임이 고리타분한 아침 조회를 시작했을 것이다. 쑥과 썬은 엎어져 있을 테고, 상희는 여전히 거울을 보고 있을 테고, 정민이는 마냥 창밖을 바라보고 있겠지.

내가 있다면, 내가 그 자리에 있다면, 진이와 서로 눈짓을 주고받으며 아무것도 아닌 일에 키득거리고 있을 거다. 하지만 다음 순간, 가게 문이 열렸을 때 난 적어도 그 교실 풍경에서 한 사람을 빼야 한다는 걸 알았다.

"재리야, 오랜만이야."

문을 열고 들어온 것은, 그리고 고양이인 내게 알은 체를 한 사람은 다름 아닌 쌈공주 상희였다.

나머지 하나의 초대권은 상희가 가지고 있었나 보다. 병원에서 상희를 본 날, 상희는 날 보지 못했거나 봤어도 안 본 거나 마찬가지라는 생각이 든다. 날 봤다면 그 기억부터 지워버렸을 테니까.

하지만 상희가 아빠의 기억마저 지워버리겠다고 했을 때, 달걀 아저씨보다 먼저 말을 꺼낸 건 나였다.

"그건 안 돼!"

"왜 안 된다는 거지?"

상희도, 달걀 아저씨도 놀란 표정으로 날 쳐다본다. 나도 내가 왜 그런 말을 했는지 모르겠다. 왜 안 된다는 말이 튀어나왔을까. 왜 말려야겠다는 생각부터 들었을까. 괜히 머쓱해져서 나는 뒷발로 목덜미를 긁적인다.

"그냥, 모르겠어. 아무리 그래도……."

상희가 귀여워죽겠다는 얼굴로 내 목을 긁어준다. 항상 고슴도치처럼 날이 서 있는 모습만 봐왔는데 전혀 의외의 모습을 보니 기분이 이상하다. 상희는 내가 아리라는 걸 꿈에도 모르겠지. 몸을 뒤척거리려다 만다.

상희가 힘없이 말한다.

"아빠가 또 도박을 시작한 것 같아. 집 나간 후로 여태 소식이 없으셔. 이번에 또 적발되면 엄마도 나도 더는 못 견딜 것 같아."

달걀 아저씨가 끼어든다.

"그래서 미리부터 아버지에 얽힌 기억을 지우겠다고?"

"아빠 없는 셈 치고 산 지 오래되었는걸요. 이제 와서 기억을 지우는 게 더 무슨 의미가 있을까 싶을 정도로요. 하지만 그렇게라도 해서 복수하고 싶어요."

"그런 식으로 남은 기억의 뿌리까지 뽑으려는 건 아빠를 정말 죽이는 거나 마찬가지야."

"상관없어요."

"엄마를 생각해서라도 그건 아닌 것 같구나."

"엄마도 바랄 거예요."

"네가 꼭 쟁취하겠다던 남자애는 어떻고?"

달걀 아저씨가 슬쩍 내 눈치를 보며 묻는다.

"정민이 맘속엔 온통 아리뿐인걸요. 그래서 아리에게 더 못되게 굴었고요. 이제 해외로 간다니 저도 맘 정리하려고요."

"그래서 아리는 잘 있고?"

"언제부턴가 보이지 않아요. 처음엔 고소하다 싶었는데, 자꾸 죄책감이 들어요. 나 때문에 집을 나갔나 싶고……."

상희가 고개를 숙인 채 마른세수를 한다. 얼마간 메멘토이에 침묵이 흘렀다. 나는 목청을 가다듬고 묻는다. 감정을 담지 않으려고 했는데 목소리에 날이 선다.

"크게 잘못한 게 있었나 봐?"

"아리 엄마를 때밀이라고 말해버렸거든."

번뜩 생각났다. 그때 내가 이단 옆차기를 했었지. 다시 몸이 떨려온다. 상희의 눈빛도 떨린다.

"실은 아빠 때문에 집이 넘어가고, 찜질방에서 지낼 때 아리 엄마가 많이 챙겨주셨거든. 교복을 보고는 딸과 같은 학교 다니는데 어쩌다 이렇게 됐냐며 먹을 것도 꼬박 가져다주시고."

"그런데 왜 그런 거야?"

여차하면 발톱으로 콧잔등을 확 긁어줄 테다.

"돈도 안 받으시고 나를 불러다가 온몸의 묵은 때도 밀어주셨어. 엎어져 있는 동안 얼마나 울음이 솟던지. 그러고 나니

그거까지 부러운 거야. 아리 그 계집애는 넘치도록 사랑을 받고 사는데 나는 왜 이 모양일까 하고."

달걀 아저씨가 끼어든다.

"그래, 이제 와서 처지를 비관해서 모든 것을 지우겠다 이거니?"

"모든 건 아니고 아빠만요."

내가 말했다.

"아빠를 지우면 모든 걸 지우는 거야."

내가 한 말에 가장 놀란 이는 다름 아닌 나 자신이었다.

달걀 아저씨도 깜짝 놀라 나를 걱정스러운 눈빛으로 내려다본다. 상희가 그런 나를 끌어안는다.

대뇌피질, 해마, 소뇌, 등등, 머리 깊은 곳에서부터 한 남자의 환영이 떠오른다. 날 목마 태운 채 환하게 웃고 있는 남자. 날 위해 밤낮없이 이삿짐을 날랐던 남자.

그러다가, 끝내는 그 스스로 한 마리 새가 되어 멀리 여행을 떠난, 아니 돌아가신 불쌍한 우리 아빠. 그런 아빠를 힘들다고 기억에서 뿌리 뽑아, 또 한 번 지워버린 나.

한순간 모든 게 선명해지자 가슴이 쿵쾅쿵쾅 뛰기 시작했다. 온몸에 열이 올라 금방이라도 타버릴 것 같다.

아빠는 정말 떠난 것이다.

그제야 아빠가 죽었다는 사실이 화마처럼 내 마음을 둘러싼다. 나는 이제껏 그 사실을 단 한 번도 마주 보지 않은 채 뒤돌아서서 도망치기만 했던 것이다.

사다리차 등에 달린 고층사다리가 아파트 꼭대기까지 올라간다. 아빠는 그 위에 탔다. 아빠가 아파트 난간에 다리를 걸치고, 먼저 내려선 동료에게 짐을 건네기 시작한다. 사다리와 난간의 틈새가 아빠의 어깨너비와 일치한다. 아빠는 두 다리에 힘을 주고 서서 수많은 박스를 신속하게 넘겨준다. 이제 커다란 가구와 김치냉장고와 책상이 남았다.

"아빠, 조금만 힘내!"

나도 모르게 두 손을 모아 쥐고 소리친다. 아빠가 날 보며 웃는다. 커다란 가구와 책상이 들어가고 이제 널찍한 김치냉장고만 남았다. 아빠는 두 손을 한 번 탁탁 털어내고는 마지막 숨을 몰아쉰다. 하지만 김치냉장고는 난간과 난간 사이의 기둥에 걸려 좀처럼 안으로 들어가지 않는다. 아빠는 난간을 훌쩍 뛰어넘어 사다리차의 받침대에 담요를 깔고 다시 받침대로 뛰어올라 김치냉장고를 모로 돌린다. 냉장고의 무게에 받침대가 살짝 흔들린다. 아빠도 덩달아 휘청거린다.

"아빠, 조심해!"

나는 두 다리가 풀려 주저앉는다. 정신을 차린 아빠가 김치냉장고를 세워 다시 난간 위로 밀어 넣는다. 이번엔 난간과 난간 위의 보호 틀에 걸린다. 철판으로 덧댄 것 같은 보호판은 그 자체로 하나의 벽이라 떼어낼 엄두를 내지 못한다. 아빠가 이번엔 김치냉장고를 대각으로 살짝 누인다. 아빠는 각도를 유지하기 위해 사다리차의 받침대 끄트머리에 비스듬히 선다. 무릎을 굽혀 김치냉장고를 두 손으로 받치고 옆으로, 옆으로 밀어 넣는다. 김치냉장고가 조금씩 안쪽으로 들어간다. '됐다' 라고 동료들이 안에서 소리치자, 아빠가 두 손에 더욱 힘을 준다. 하지만 김치냉장고가 난간 안쪽으로 밀려들어 가면서 무게가 한쪽으로 쏠렸다. 냉장고의 모서리가 아빠의 왼쪽 무릎을 쳤고, 중심을 잃은 아빠가 허우적거린다. 벌새처럼 작은 몸을 떨면서 허공에서, 파닥거린다. 아빠의 몸이 받침대에서 떨어져 잠시 하늘에 머문다. '아빠!' 하고 내가 소리치자 아빠는 체념한 듯 고개를 돌려 날 본다. 그 와중에도 고개를 끄덕이며 웃어주는 아빠. 주위 사람들이 소리를 지른다. 누군가 내 눈을 가린다. 아악! 악!

"그러니까, 아빠를 내버려두지 말란 말이야! 어서 잡아, 아빠를 딸이 이렇게 괴로워하는데 아빠는 그렇게 날아가버릴 거냐고 두려워 말고 가서 잡아! 달려가 잡을 수만 있다면, 언제든 다시 돌아올 수 있을 테니까. 더 늦기 전에 어서!"

내가 악을 지르며 눈을 떴을 때, 상희는 자리에 주저앉은 채로 날 꼭 껴안고 있었다. 달걀 아저씨는 큰 덩치와 어울리지 않는 아동용 흔들의자에 앉아 큐브를 맞췄다.

"잠꼬대 한번 요란하게 하는군, 이제 정신을 차린 거냐?"

달걀 아저씨가 퍼즐을 다 맞춘 큐브를 내게 던져주며 말한다. 상희가 내 등을 쓸면서 묻는다.

"정말 괜찮은 거야, 재리야?"

그런 상희를 올려다보며 되묻는다.

"너는, 너야말로 괜찮은 거니?"

태권소녀 채아리, 컴백하다

사람들은 가장 힘들었던 기억을 대면했을 때 보통 그것을 부정하거나 머릿속에서 지운다. 어떤 이들은 슬쩍 다른 이야기로 가공해버린다. 나는 이제껏 도망치기만 한 셈이다. 지우고 또 지워서 남겨진 사람들에게 또 다른 상처를 안겨준 셈이다.

"제일 큰 피해를 본 건 바로 너 자신이란다."

달걀 아저씨는 말한다. 나 혼자 편하자고 기억을 팔거나 사면 결국 내 존재를 부인하는 거라고. 그러다 보면 진짜 채아리가 아닌 가짜 채아리로 살게 되는 거라고.

"그럼, 아저씨는 왜 이런 일을 하는 거예요? 메멘토이가 없었으면 기억을 지울 생각도 안 했을 텐데요."

내가 쏘아붙이자 달걀 아저씨의 얼굴에 그늘이 진다.

"나 또한 어쩌면 과거의 기억에 얽매여 어떻게든 그때를 돌이켜보려고 이러는지도 모르겠구나."

아빠는 말했다. 세상에서 최고로 비싼 금은 황금도, 소금도 아닌 바로 지금이라고. 아리 너와 함께하는 지금이 아빠에게 가장 행복한 순간이라고.

기억이 모두 돌아오고 잊었던 상처마저 몽땅 떠오른 지금, 그래서 온몸이 아파서 덜덜거리는 지금, 나는 다시 채아리의 일상으로 돌아가기로 결심했다.

아리는 뒤늦게 세상과 겨룰 준비를 마친 셈이다. 힘든 기억과 상처 그리고 어두운 내면과 맞붙을 준비가 완료된 거다.

"그러기 위해서 저 자신을 먼저 용서하고 싶어요."

달걀 아저씨는 고개를 끄덕이며 지하 서재의 하얀 방으로 먼저 내려간다.

"이제 돌아갈 때가 된 것 같구나. 안 그래도 아리 모습이 다시 선명해지기 시작했단다."

내 유년의 뒤란에, 17년을 부대끼며 산 몸뚱이가 당당하게 있다. 그 모습을 보니 기분이 이상하다. 내 혼이 밖으로 나와 나를 들여다보는 기분이라니.

붕대를 감은 아리의 왼팔이 꿈틀거린다. 고양이 몸인 내 앞다리에도 통증이 전해진다. 아프다. 하지만 아파도 참으련다.

나무 그네 위에 뛰어올라 사지를 축 늘어뜨린다. 아직도 머릿속은 복잡하기만 했고, 하나둘 떠오른 기억들로 가슴엔 구멍이 뻥뻥 뚫렸지만 그 자체로 나를 되찾은 게 새삼스러워 감사할 따름이었다.

"준비됐니?"

"재리와 작별할 준비요?"

달걀 아저씨가 가만히 웃는다. 그 모습이 어쩐지 쓸쓸해 보인다. 동료들의 회신이 없으니 어쩌면 이 우주에서 아저씨 세계를 아는 사람은 이제 자신 밖에 없을지도 모른다.

나는 눈을 감는다. 무슨 말인지 알아들을 수 없는 언어를 속삭이며 달걀 아저씨는 내 눈두덩에 손을 올려놓는다.

눈꺼풀에 달걀 아저씨의 손이 닿자 가물거리던 기억들이 하나 둘씩 선명해진다. 아빠의 기억, 정민이의 기억, 엄마와 할머니의 기억, 반 아이들의 기억까지.

달걀 아저씨는 내 눈앞에 초콜릿 금메달을 시계추처럼 흔든다. 그 모든 기억의 빈자리를 정민이의 진심이 메우고 있었다. 정민이가 날 붙들고 있다는 사실이 내 몸에 다시 피를 돌게 한다.

"이젠 눈을 떠보렴. 재리, 아니 아리야."

천천히 눈을 뜬다. 몸이 무겁고 뻐근한 게 내가 맞는 것 같았다. 또 살을 빼야겠다는 생각이 든다.

아리가 진짜 아리가 되기까지 얼마나 오랜 시간이 걸린 것일까? 오른손으로 왼팔을 쿡쿡 찔러본다. 정말 아프다. 하지만 아프다는 사실이 반갑다. 새살이 돋는지 간질거리기까지 하다.

이제 보라 고양이는 움직임 없이 나와 아저씨를 올려다본 채로 꼬리를 세우고 있다. 비로소 녀석도 원래의 장난감으로 돌아간 셈이다.

"재리야, 안녕?"

말을 걸어보았지만 아무런 대답이 없다. 달걀 아저씨가 말한다.

"인형은 그저 인형일뿐이지."

"험프티 덤프티나 못난이 인형들은요?"

"녀석들이 정말로 장난감에 불과했다고 생각하니?"

"그들도요?"

달걀 아저씨가 쓸쓸하게 웃는다.

"그 친구들 역시 한때 사람이었단다. 그렇지만 누구도 녀석들을 기억해내지 못했지. 녀석들도 기억을 되찾으려하지 않았고."

"그러면 저런 모습으로 영영 살아야 하는 건가요?"

"아니, 가장 중요한 건 자기 자신이야. 누구든 한 사람만 자신을 기억해줘도 인간으로 살아갈 수 있어. 그게 자기 자신이라고 해도 말이야."

"누구든 한 사람만이라도 말이지요?"

"그래."

"그럼 저도 달걀 아저씨의 나라를 보게 해주세요."

나는 아저씨에게 손을 내밀었다. 눈사람 아줌마의 다락방이 떠올랐다.

달걀 아저씨가 이곳에서 아저씨의 세계를 떠올린다면, 내가 바라보지 못할 이유가 없었다. 달걀 아저씨의 눈이 댕그렇게 커졌다. 그 눈빛 속에서 어떤 기대가 엿보였다. 하지만 달걀 아저씨는 이내 고개를 저었다.

"아무래도 안 되겠구나. 그런 부끄러운 모습을……."

"너무 불공평한 거 아니에요? 이곳 세계에서 못난 모습은 다 보아놓고 이제 와서 부끄럽다니요. 친구일수록 서로 못난 모습까지 터놓을 수 있어야 하는 게 아닌가요? 못난 기억일수록 더."

"친구라고?"

달걀 아저씨의 작은 날개가 파닥거린다. 어쩐지 귀엽다는 생각이 든다. 통통한 두 볼을 꼬집어주고 싶었다. 그런 내게 아저씨가 손을 내민다. 다가가서 그 손을 잡는다.

멜빵끈이 풀어진다. 등 뒤에서 작은 날개 한 쌍이 솟구친다. 달걀 아저씨 머리에 붙은 머리카락 크기만 한 작은 날개가 거구의 몸을 들어 올린다. 내 몸도 덩달아 붕 떠오르는 느낌이 들었다.

잠시 뒤 눈을 떠보니 정말, 눈앞에 열매 집이 열렸다. 마치 놀이공원 한가운데에 있는 색색의 전망차 같다고나 할까. 나무의 가지마다 매달린 동그란 열매 집 속에 코알라 같은 생명체가 잠들어 있다.

"아저씨도 피코?"

달걀 아저씨가 고개를 끄덕이며 웃는다. 나는 다시 그 거대한 나무를 올려다본다.

고개를 돌려 주변을 둘러보니 그런 나무들이 띄엄띄엄 늘어선 게 보인다. 어떤 나무는 꼭대기가 구름까지 닿아 있고, 또 어떤 나무는 키가 작아서 열매 집을 달랑 하나만 가진 경우도 있었다.

피코뿐 아니라 곰과 비슷한 존재, 이구아나에 가까운 존재, 키메라라고 해야 할까, 사람과 표범을 섞어놓은 것 같은 존재, 그저 인간 아기 같은 존재. 말로는 뭐라고 표현할 수 없는 다양한 생명체들이 열매 집 안에서 잠을 자고 있었다.

피코들은 열매 집 안에서도 둥둥 떠다닌다. 잠든 중에도 옆머리와 등에 붙은 작은 네 개의 날개가 쉴 새 없이 파닥거린다.

"아저씨, 마을의 생명체들은 몇 살까지 살아요?"

"나무가 사는 만큼."

달걀 아저씨는 짧게 대답한다. 나무는 몇 살까지 사는지 묻고 싶었지만 관두기로 한다. 이곳에서도 어떤 나무는 수백 년은 족히 살지 않는가. 문득 달걀 아저씨의 나이가 궁금해졌다. 하지만 역시 묻지 않기로 한다.

열매 집 안에는 반딧불이가 사는 것 같았다. 작은 불빛이 천천히 날아다녔고, 이따금 그 불빛은 생명체의 콧잔등에 내려앉아 쉬기도 했다. 그럴 때면 열매 집은 어두워졌다.

"저건 반딧불이인가요?"

"비슷하지. 하지만 적어도 피코들보다는 우수한 존재야. 항상 우리가 갈 길을 밝혀주거든. 어두운 길뿐 아니라 삶 속에서도 말이야. 우리 마을에선 말 같은 게 필요 없어. 그저 보이지 않는 파동을 주고받을 뿐."

때마침 인간으로 보이는 괴생물체 한 마리가 나무 밑동에 커다란 주사기를 꽂아 넣었다.

달걀 아저씨가 주먹을 불끈 쥔다. 하지만 차마 그곳으로 날아가지 못하고 발만 동동 구른다.

"아저씨, 가서 혼쭐을 내주세요. 당장이요."

"이 공간에서 벗어나면 저곳으로 갈 순 있지만, 다시 돌아오기는 힘들단다. 이미 지난 시간으로 우리 세계에 돌아가 봤자 할 수 있는 게 없거든."

"주사기는 왜 꽂아 넣는 거예요?"

"기억을 이식하거나 채취하기 위해서야. 분명히 사리나 종족이 시켰을 거다. 그리고 사람 모양의 저 생물은 줄만 족인데 그저 하수인일 뿐이지."

"아직도 잠들지 않은 자들이 있나요?"

"그런가 보구나. 사리나는 열매 집에서 살지 않거든. 지하에서 살아. 물론 줄만 족도 그들을 키우는 주인의 땅에 속해 살지. 어쨌든 기억 전쟁으로 모든 게 피폐해진 마당에 저런 행위가 더 무슨 필요가 있을까 싶구나."

"아, 무섭네요."

"이제는 안쓰럽지."

그때였다. 누군가 천장 위에서 가게 문을 쿵쾅거리며 두들기는 소리가 났다. 나는 아저씨 마을의 하늘을 올려다본다. 천둥소리 같았다. 달걀 아저씨가 속삭인다.

"이제 하얀 방을 나가야겠구나. 괜찮겠니?"

마음 한쪽이 쓰려 온다. 이런 마음은 뭘까. 이 슬픈 느낌은 또 뭘까. 책장이 열리자 메멘토이의 지하실이 보인다.

"계십니까? 주인장 계십니까? 저희는 혜화경찰서에서 나왔습니다만."

남자들이 지하실 뚜껑을 열라며 소리친다. 뒤이어 나이 든 여자의 목소리가 들려온다.

"여기가 맞아요. 쪽문도 감쪽같이 숨겨놓았다고요. 여기 주인 아저씨가 나한테 몹쓸 짓을, 흑흑."

틀림없는 눈사람 아줌마의 목소리다. 눈사람 아줌마가 경찰을 데리고 온 모양이다.

다시 지구의 장난감 가게로 발을 내딛는다. 책장 문이 닫히자 어둠이 밀려든다.

달걀 아저씨가 손수건을 꺼내 땀을 닦는다. 옷매무시를 고치고, 멜빵을 다시 어깨에 멘다. 셔츠 사이로 등 뒤의 날개가 사라진다.

달걀 아저씨와 함께 뚜껑을 열고 지상으로 나간다. 눈이 부시다. 빛살 가운데 희미하게 두 명의 경찰이 보인다. 그중 왼쪽의 삐쩍 마른 꺽다리가 경찰 배지를 흔들며 말한다.

"아저씨 신분증 좀 봅시다."

달걀 아저씨가 신분증이 있을 리 만무했다. 내가 끼어든다.

"무슨 일인데 남의 가게에서 난리예요?"

홀쭉이 아저씨가 날 쏘아보며 말한다.

"이 아저씨 지금 성추행 혐의가 있어. 이 아줌마한테 최면을 거네 마네 하면서 몸을 만지작거렸다는군."

"네? 그럴 리가요!"

뒤에 서 있던 키 작은 뚱보 경찰이 날 빤히 들여다본다. 나이는 더 젊어 보이는데 계급은 왼쪽의 경찰 아저씨보다 높은 듯했다. 뚱보 경찰은 수첩에서 사진 한 장을 꺼내더니 나와 번갈아보기 시작했다.

그러더니 꺽다리 경찰에게 귓속말로 속닥거린다. 퍼뜩 놀란 꺽다리 경찰이 내 얼굴을 뚫어지게 쳐다본다.

"기분 나쁘게 숙녀를 그렇게 쳐다보는 것도 추행일 수 있다고요!"

내가 발끈했으나 뚱보 경찰은 아랑곳하지 않고 수갑까지 꺼내 들며 말한다.

"채아리 학생?"

어떻게 내 이름을 알지? 나도 모르게 고개를 끄덕인다. 그러자 꺽다리 경찰이 달걀 아저씨의 손목에 수갑을 채우며 위압적으로 경고한다.

"신분도 불투명한 자가 성추행, 성폭행도 모자라 여고생 납치까지. 당신 체포해야겠어. 묵비권 그런 거는 서에 가서 얘기하자고."

달걀 아저씨가 범죄자로 몰리고 말았다. 그렇다고 내가 나서서 사실을 곧이곧대로 얘기했다가는 더 이상한 사태가 벌어질 게 뻔했다. 내일 신문에는 이런 기사가 실릴지도 모른다.

"자신을 다른 세계에서 온 마법사라고 주장하는 변태 성범죄자가 여고생을 감금했다!"

그렇게 되면 달걀 아저씨는 자신의 세계로 돌아가지 못하리라. 나는 잔뜩 움츠러들었다.

"이렇게 된 이상, 할 수 없군. 아리야, 잠깐 귀 좀 막고 있을래?"

달걀 아저씨가 내 어깨를 다독인다. 무엇을 더 생각할 것도 없이 반사적으로 귀를 틀어막는다.

달걀 아저씨의 입이 오물쪼물 움직이는 것이 보인다. 멍한 표정의 경찰들과 뚱한 얼굴의 눈사람 아줌마도 눈에 들어온다. 덩달아 눈사람 아줌마의 몸이 녹아내리듯 사라지는 모습도.

"이젠 됐다, 아리야."

갑자기 경찰들이 길 잃은 아이처럼 이곳저곳 두리번거린다. 자신이 왜 이곳에 서 있는지 잊은 듯했다.

"뭐 찾는 거라도?"

달걀 아저씨가 묻자 경찰들은 멋쩍은지 눈인사를 하고 돌아선다.

"경찰들 기억이 다시 돌아올지 모르니 얼른 집으로 돌아가렴. 어쩌면 지금 마지막 인사를 해야 할지 모르겠구나."

달걀 아저씨가 쓸쓸한 표정으로 말한다. 이렇게 갑작스레 작별이라니. 갑자기 마음이 허하다. 어떻게든 다시 만나야 한다. 건강한 기억으로 또 만나야 한다.

"아저씬 어디로 가시려고요. 다시 까치산으로? 아니면 다른 동네로? 열매 집으로? 거긴 아무도 아저씨처럼 깨어 있는 사람이 없을 텐데요. 기억하는 사람이 없는 데도요?"

달걀 아저씨가 웃는다. 다시금 등 뒤로 솟은 작은 날개가 파닥거린다.

"그래서 기억 인형들을 많이 만들어두었지. 물론 그것들을 가져가도 무슨 효과가 있을지는 모르겠구나. 기억 세포를 이식받은 존재들이 또다시 기억 전쟁을 일으키면……."

"아무 소용없는 거잖아요."

"그래도 너희 덕분에 큰 수확을 얻었단다. 고맙구나."

"무슨 수확이요?"

"너희 스스로 기억을 되찾은 일 말이다. 지운 기억마저 재생해낸 면역 항체라고나 할까. 그걸 그들에게 백신을 놓듯 주입해보면 어떨까 한다."

"그래도 확률이……."

"희망을 품어봐야지. 난 마지막까지 우리 마을 사람들이 다시 건강한 기억을 가질 날들을 꿈꿀 거야."

"그렇다면 이것도 함께 가져가세요."

나는 보물 2호인 정민이가 준 초콜릿 금메달을 달걀 아저씨에게 건넸다. 서로의 기억 전부를 되살려낸 금메달이라면 달걀 아저씨에게 큰 힘이 되지 않을까.

"아저씨 잠깐 고개 좀 숙여볼래요?"

"왜 그러니?"

"잠깐이면 돼요."

달걀 아저씨가 고개를 숙이자 양쪽의 옆머리가 내려앉는다. 달걀 아저씨의 목에 금메달을 건다. 아저씨는 그 메달을 보고 오래도록 고개를 들지 못한다.

"아저씨 잊지 않을게요. 이 세상에 단 한 사람만이라도 자기를 기억하면 결코 사라지지 않는다고 하셨죠? 전 끝까지 잊지 않을 거예요. 그러니까 아저씨도 끝까지 힘내셔야 해요."

"고맙구나. 나도 아리에게 줄 게 있단다. 잠시만 기다리렴."

달걀 아저씨가 지하실에 내려갔다 온다. 아저씨의 손에 노란 꽃으로 엮은 목걸이가 들려 있다. 금메달보다 더 예뻤다.

"이걸 네게 주마. 누군가 네게 주고 싶어 했던 거란다."

그 누군가라면, 설마 정민이?

달걀 아저씨가 윙크한다. 정민이가 내게 주었던 노랑별꽃의 씨앗이 떠오른다. 오랫동안 날 생각하면서 이걸 키워왔던 거구나. 너무 힘들어 이걸 아저씨에게 건넸던 거구나. 나는 아저씨에게 깊이 허리를 숙인다.

작은 날개를 모두 펼친 달걀 아저씨가 환하게 웃는다.

메멘토이의 문고리를 쥐고 세상 밖으로 나선다.

꽃가루가 밀려드는 그곳으로 한 발을 내딛는다. 이제 다시는 기억을 부정하지 않으리라.

"잠깐, 잠깐만!"

그때, 누군가 내 뒤꿈치를 붙든다. 목소리가 익숙하면서도 낯설었다. 이번엔 어떤 장난감이 말을 했을까?

"자네, 결정한 거군."

쪼그리고 앉은 달걀 아저씨가 장난감에게 말한다. 동그랗고 길쭉한 인형 하나가 가슴에 품었던 트럼프를 내팽개치고 돌아선다.

"딸에게 가야겠어. 이젠 이런 거 안 해."

놀랍게도 그는 험프티 덤프티였다. 바닥에 널린 카드들이 달군 프라이팬 위의 햄처럼 튀어 오른다. 험프티 덤프티에게 달걀 아저씨가 손을 내민다.

"한 사람은 어쩔 수 없을지도 모르지만 두 사람은 다르다는 거. 적절하게 도우면 일곱 살로 남을 수도 있다는 말, 기억나나?"

"내가 한 말은 아니지만 험프티 덤프티가 책에서 했던 말이라고 그러던데?"

"자네가 앨리스에게 했던 말이지. 그래, 이야기 속이었긴 하지만. 이제부터는 단순한 스토리가 아닐 거야. 바로 자네의 앨리스를 도와야 하니까."

"나의 앨리스……."

"지구의 옛날, 『마더 구스』란 동요집에는 이런 노래도 나온다네. 들어보겠나?"

험프티 덤프티가 큰 얼굴을 끄덕인다. 달걀 아저씨가 퍼질러 앉아 시를 읊는다. 한 번은 발음을 굴려 영어로, 한 번은 또랑또랑한 한글로. 다시금 작은 날개가 파닥거린다.

험프티 덤프티 Humpty Dumpty

Humpty Dumpty sat on a wall,
험프티 덤프티 담 위에 앉아 있었네,

Humpty Dumpty had a great fall,
험프티 덤프티 떨어져 와장창 부서졌네,

All the king's horse,
왕의 말들을 전부 모은대도,

And all the king's men,
왕의 신하들을 전부 모은대도,

couldn't put Humpty Dumpty together again.
깨진 험프티 덤프티 다시 돌려놓지는 못한다네.

"자네 집 울타리를 지키게. 다시는 도박 따위에 빠져 부서트리면 안 되네. 그러면 왕의 말들을 모으고 왕의 신하를 전부 모아도 아버지의 모습을 다시 돌려놓지는 못할 테니까."

낭송을 마친 달걀 아저씨가 나무 뚜껑을 연다.

깨진 달걀처럼 눈물이 범벅된 험프티 덤프티가 가만히 속삭인다.

“그래, 나의 앨리스를 위해서.”

그 말을 달걀 아저씨가 받는다.

“그래, 자네 딸 상희를 위해서.”

나는 메멘토이를 나와 집으로 뛰기 시작했다.

성터 길에 이르러 뒤를 돌아본다. 멀찌감치 기억을 파는 가게가 보인다.

잊지 못할 것 같다. 아니, 잊지 않고 기억하리라. 달걀 아저씨와 한때 사람이었던 장난감들을, 그리고 하얀 방과 달걀 아저씨의 나라를, 거대한 나무를, 열매 집과 반디의 세계를, 그리고 우리들의 이야기를 말이다.

다시 만난 세계

다시 찾은 기억과 몸뚱이에 적응하지 못한 탓일까. 몸살에 걸려 사흘이나 앓았다. 이런 때에 병치레라니. 온몸이 쑤시고 끊임없이 욕지기를 느꼈다.

밤새 식은땀이 흘렀는지 등짝이 축축하다. 꽃샘추위가 몰고 온 찬 기운이 뼛속으로 스미는 듯했다. 나는 누에고치처럼 웅크린 채 이불을 몸에 똘똘 감는다. 모든 생명들이 기지개를 켜는 이 봄에 혼자 겨울잠에라도 빠져들 태세로 곯아떨어진다.

얼마쯤 잤을까, 할머니 울음에 놀라 화들짝 잠을 깬다. 할머니는 그림이 잘 안 그려지는지 크레파스를 부러뜨리곤 도화지를 찢는다. 할머니는 내가 돌아오자 언제 그랬냐는 듯 자리를 털고 일어났다.

일어나서 할머니를 꼭 껴안는다. 곧바로 할머니의 얼굴을 살피니 하얀 도화지 같은 얼굴에 파스텔처럼 환한 미소가 번진다.

집에 돌아와서 가장 먼저 한 일은 엄마에게 두들겨 맞은 후 얼싸안고 울음을 터뜨린 일이고, 두 번째로 한 일은 할머니에게 화장해드린 일이다.

"할머니, 이번엔 할머니 얼굴에 그림을 그려봐요."

엄마의 화장품 꾸러미를 할머니 앞에 끌어놓는다. 대부분 가게에서 무료로 받은 샘플이다.

할머니는 거울 앞에서 어린아이처럼 좋아한다. 물론 나도 화장을 한다. 팔레트처럼 색깔이 나뉜 색조 화장품 세트를 열고 붓질하듯 브러시로 얼굴 여기저기를 두드린다.

엄마가 화장하는 걸 어깨너머로만 봐서 그런지 화장이 영 서툴다. 손을 떨며 립스틱까지 찍어 바른다. 할머니와 나는 금세 피에로가 된다. 할머니가 환하게 웃는다.

한동안 자신의 얼굴을 따스한 눈으로 엿보던 할머니가 말을 한다. 오랜만에 들어보는 목소리였다.

"동창회에 가야겠다."

"할머니, 정말? 그럼 나랑 엄마랑 셋이서 가자!"

샘플을 제외한 화장품 세트는 거의 사용하지 않아서 새것 같다. 엄마는 보험 일을 했을 때 기초 화장품만 썼을 뿐, 목욕탕 일을 하면서부터는 화장을 거의 하지 않았다. 목욕탕의 하얀 김에 절어 피부가 더 쭈글쭈글하게 변했는데도 말이다.

화장하니까, 할머니 얼굴이 발그레하다. 그 모습을 보니 할머니도 한때는 예뻤겠구나, 하는 생각이 든다. 한 남자의 아내였고 엄마였으며 딸이었던 할머니의 모습을 떠올린다.

화장하니까, 엄마의 얼굴도 떠오른다. 한 남자의 아내였던 엄마의 모습이, 행복했던 얼굴이 생각난다. 호저씨의 얼굴도 같이 떠오른다.

화장을 하니까, 내가 여자구나 하는 생각이 든다. 머슴애처럼 주먹질과 발차기나 할 줄 알았지 얼굴에 신경 쓴 적은 없었다. 정민이도 생각난다. 이런 여성스런 내 모습을 정민이가 좀 봐야하는 데 말이다.

나는 할머니 손을 붙잡고 엄마가 일하는 목욕탕으로 나섰다. 옷가지들을 벗어 던지고 미지근한 탕에 할머니와 함께 뛰어든다. 땀이 말라붙어 온몸에 소금기가 허물처럼 일어난다. 탈피하듯 그것들을 씻고, 또 씻는다. 손바닥이 지나간 자리마다 살갗 위로 홍매가 솟은 듯 붉다.

엄마는 엎어져 있는 아줌마들의 때를 미느라 정신없다. 엄마에게서 무언가에 잔뜩 열중해 있었던 아빠 모습이 엿보인다. 그 멋진 모습 때문에 난 종종 아빠가 이삿짐을 나르는 현장에 따라나서곤 했다.

엄마는 목욕탕에서 더 멋있었다. 억세 보였지만 사람들의 몸을 구석구석 닦는 모습이 작품을 만드는 조각가처럼 보였다. 때수건은 사포 같았고 엄마 손이 지난 자리에서 엷은 빛이 솟는다. 자신의 온몸을 내맡긴 사람들의 표정이 한없이 편안해 보인다.

그들의 고단한 삶이 빚어낸 때를 엄마가 조심스레 걷어내고 한 바가지 물을 끼얹는다. 사람들의 온몸이 보송보송해진다.

엄마가 때수건을 낀 오른손을 탁탁 치자 아줌마가 몸을 뒤집는다. 아줌마는 어린애처럼 엄마에게 등을 맡긴 채 옅게 코를 곤다.

"제갈길 여사."

잠든 아줌마가 깰까 봐 작은 소리로 엄마를 부른다. 일에 몰입한 엄마는 몇 번이고 불러 봐도 알아듣지 못한다. 가까이 다가서서 손을 흔든다. 그제야 엄마가 날 발견했다. 잔뜩 인상을 찌푸리며 입술을 씰룩거린다.

"뭐하러 왔어, 이것아."

할머니를 발견하고는 눈을 부릅뜬다.

"어쩌려고……."

엎드려 있던 아줌마가 무슨 일인가 이쪽을 본다. 엄마가 미안하다며 아줌마의 등을 민다. 엄마가 눈을 부라리긴 했지만 싫지 않은 눈치였다.

"할머니 때 밀고 있을게, 천천히 와."

할머니 몸은 마대 자루 같았다. 속에 담긴 걸 잔뜩 나눠준 뒤에 남겨진 빈 자루.

나는 한때 선물이 가득 담겼을 할머니의 꾸러미를 상상해본다. 그 속에서 아빠가 나왔고, 엄마를 통해 다시 내가 나왔다. 사람들에게 선물을 나눠준 만큼 빈자리에 기억을 담을 수 있었겠지. 그 묵은 기억들을 곱씹으며 할머니는 잠시나마 행복했을까.

할머니의 여고 동창회가 기다려졌다.

몇 번이고 세숫물을 정수리에 끼얹으며 이번에는 나 스스로 매미 허물을 벗겨낸다. 긴 머리카락이 한 움큼씩 물길에 쓸린다.

"이리 와봐, 엄마가 밀어줄게."

일을 마치고 돌아온 엄마가 내 등을 쓸며 말한다. 할머니는 김이 서린 거울에 손끝으로 또 그림을 그린다. 그러고 보니 엄마가 목욕탕 일을 시작하고 나서 한 번도 엄마랑 같이 목욕해본 적이 없었다. 나는 죽은 듯이 내 등을 엄마에게 맡겼다. 엄마는 그런 내 몸을 구석구석 밀어준다.

"할머니도 같이 등 밀자."

나는 할머니를 돌려 앉힌다. 세 여자가 서로의 등을 밀고 있다. 엄마는 내 등을 나는 할머니 등을 민다. 맨손으로 비누칠을 하는데도 엄마 손이 때수건처럼 느껴진다. 그 곱던 손이 언제부터 이렇게 거칠어졌을까.

"엄마, 우리 언제 이사가?"

시치미를 떼고 묻는다. 엄마의 손이 잠시 멈춘다. 할머니가 몸을 꼬면서 웅얼거린다. 잠시 뒤 엄마가 말한다.

"그냥 우리 셋이서 살자. 엄마도 그러고 싶어……."

오른손을 뒤로 뻗어 엄마 손을 쥔다.

"세 여자가 사는데 방이 다 따로 있어야지. 할머니 방, 아리 방, 그리고 엄마네 방."

엄마는 더 말을 잇지 못한다. 그런 엄마 손을 더 꼭 쥐고 말한다.

"그러니까 빨리 이사 가자."

목욕탕 쪽창 밖으로 낙산에 걸린 해가 보인다. 저녁 햇살이 비집고 들어와 우리를 비춘다. 눈이 부셔서라기보다 몸이 부끄러워 몸을 돌리려는데 엄마가 뒤에서 날 껴안는다.

엄마 뱃속에 있을 때처럼 몸을 작게 웅크린다. 주위가 뿌옇게 흐렸다.

얼마 만에 학교에 나가는 것일까. 아까부터 진이가 집 밖에서 기다리고 있다.

아침에 일어나는 것도 힘든데 엄마는 꼭 된장국에 밥을 말아 먹고 가라고 성화다.

"게으른 건 여전하구나, 채아리!"

후루룩 한입에 마셔버리고 시간표를 확인하며 책가방을 싼다. 교복이 빽빽해서 이리저리 당겨본다. 집에 올 때 세탁소에 들러서 늘려달라고 해야겠다.

"엄마, 할머니, 갔다 올게."

"차 조심하고!"

진이와 나란히 낙산 길을 걷는다. 나무며 풀들의 가지에 꽃이 만개했다. 조금 있으면 푸른 이파리를 잔뜩 피워 올리겠지. 모든 게 새삼스러워 진이를 본다. 진이의 가방에 뭔가 매달려서 달랑거린다.

"어? 그 못난이 인형들이잖아."

내가 묻자 진이의 표정이 벚꽃처럼 환해진다.

"선물 받았어. 메멘토이 아저씨한테."

"아저씨는 잘 있고?"

"얼마 전에 문 닫았어. 그쪽에 차려서 오래가는 가게가 없었잖니."

나는 아무것도 모르겠다는 듯이 혀를 끌끌 찬다.

"역시 그랬구나."

'달걀 아저씨는 잘 돌아갔을까?'

하늘을 올려다본다. 구름 한 점 없이 파란 하늘이 끝 간 데 없이 창창하다.

"참, 담임 돌아왔어. 근데 곧 그만둔다더라."

"무슨 일 있었다니?"

"전에 말한 대로야. 중국 베이징에 있는 한국학교로 간다는데, 내가 볼 땐 여자 친구랑 같이 도망가는 게 아닌가 싶어."

진이의 장난기 어린 표정이 되살아난다. 하지만 다시 풀이 죽는다. 담임이 걱정될 리는 없겠고, 내가 통학하는 게 걱정돼서일까? 진이가 말한다.

"그리고, 정민이도."

"정민이가 뭘?"

"아빠 따라서 뉴욕 간대. 거기서 태권도를 알리겠다나 뭐라나."

'그랬구나.' 그래서 정민이가 지난번에 메멘토이에 찾아와서 시간이 없다고 했구나. 가슴이 허전해진다.

진이의 표정도 심상치 않다. 내 예감이 틀림없다. 진이도 정민이에게 관심이 있었던 것이다. 진이의 팔짱을 끼며 슬쩍 찔러본다.

"가기 전에 한번 고백해봐."

진이가 깜짝 놀라 날 올려다본다. 눈가에 벌써 눈물이 그렁

그렁하다. 잔뜩 미안한 얼굴이다.

"아리야 미안해, 정말 미안해. 나도 모르게……."

진이의 두 손을 꼭 쥔다.

"이제 뉴욕으로 가버리는데 뭘. 생각해보니까 그 녀석 괜히 순정만화 주인공 흉내나 내고 별로였어. 잘난 척 하질 않나, 상희랑 어울리질 않나. 한번 혼쭐을 내줘야 하는데 그러지 못해 아쉽다, 그치?"

진이가 펄쩍펄쩍 뛰며 웃는다. 두 볼에 웃음을 잔뜩 머금고 엄마 같던 진이가 돌아왔다.

교실에 들어섰을 때 아이들은 변함없이 무관심으로 날 맞아주었다. 오히려 마음이 놓인다. 오랜만이라며 괜히 호들갑을 떨었으면 천하의 채아리, 부끄러워서 얼굴을 들 수 없었으리라.

쑥과 썬이 살짝 손짓했고, 상희는 그저 흠칫 놀라는 눈치였다. 진이는 수시로 날 돌아보며 키득키득 웃었다. 그리고 정민이의 빈 의자는 여전히 그 자리에 있었다.

담임인 송장인 샘이 들어왔다.

교실에 들어서자마자 이쪽을 살피더니 나와 눈이 마주치자 눈을 찡긋 감는다. 잘 돌아왔다는 의미 같았다. 느끼해서 눈을 피한다. 송장인 샘이 말한다.

"아리의 컴백을 축하한다."

그 말에 아이들이 박수를 친다. 그냥 조용히 넘어가는 줄 알았더니, 괜히 손발이 오그라든다. 그래도 무시할 수는 없어서 앞뒤 좌우를 향해 한 번씩 고갯짓을 해준다.

송장인 샘도 박수를 친다.

"아리가 오니 내가 가게 생겼구나."

그 말에 이번에는 반 아이들이 묘한 소리를 내지른다. 아쉽다는 투가 반, 잘 됐다는 투가 반. 나는 그저 멀뚱멀뚱 담임을 쳐다본다.

송장인 샘이 엷게 웃으며 손짓을 한다. 일순간 교실이 조용해진다.

"선생님은 아파서 집에 있는 동안 동네의 까치산 공원을 자주 올랐어. 산에 오르니까 이제껏 보지 못했던 것들이 보이더구나. 작은 것에 집착하여 자책하고 힘들어했던 날들이 우스워졌어. 큰 세상을 바라보며 좀 더 마음의 여유를 갖고 살고 싶어서 베이징에 가기로 했다."

가만, 까치산에 살았다고? 보라 고양이 재리가 했던 말들이 떠오른다. 메멘토이가 이곳으로 오기 전에 먼저 있던 곳, 재리가 사람일 때 달걀 아저씨를 처음 만났던 동네. 송장인 샘이 말을 잇는다.

"한때는 모든 것을 잊은 채 투명 인간이 되고 싶을 때가 있었지. 하지만 이젠 아니야. 지금은 모든 것을 가슴 깊이 새긴 채 새로운 시작을 하고 싶을 뿐이야. 너희와 함께한 기억은 한국

학교에서도 큰 힘이 될 거야."

누가 반장 아니랄까 봐 한솔이가 고개를 푹 숙인다. 송장인 샘이 교탁을 내려가 한솔이의 어깨를 두드린다.

"사내 녀석이 질질 짜기는. 마지막으로 덧붙이고 싶은 말은 지금 이 순간을 살라는 것이다. 담임으로서 조심스러운 말이지만 너희는 먼 과거, 아니면 먼 미래서만 살고 있어."

한솔이가 담임을 올려다보며 모범생답게 곱씹는다.

"과거, 혹은 미래생활자라고요?"

"지금 삶을 저당 잡힌 채 나중 삶만을 바라보며 살아가지. 그렇게 나이가 들면 지난날을 후회하며 또 과거 속에서만 살아가. 대부분 인간은 단 한 번도 지금, 여기에 존재한 적이 없단다. 나 역시 그래서 한번 제대로 살아보고 싶었어. 온전히 사랑하는 사람과 현재를 가꾸면서 말이야."

사랑하는 사람이라는 대목에서 여자애들 몇이 과민 반응을 보이며 꺅 소리를 지른다. 그때 정민이가 뒷문을 열고 들어온다. 정민이와 눈이 마주쳤지만, 얼굴이 벌게진 나는 그만 고개를 돌린다.

"너희도 '지금'을 찾기 바란다. 세상에서 가장 비싼 금을 말이다."

송장인 샘이 아침 조회를 끝내고 문을 열고 나간다. 나도 모르게 뒤따라 나선다. 담임은 그럴 줄 알았다는 듯이 복도에서 날 기다리고 있었다.

"채아리, 오랜만이다."

"선생님……."

송장인 샘이 후덕하게 웃더니 내 앞으로 다가선다.

"묻고 싶은 게 많겠지. 하지만 기억이라는 보물창고에 넣어 두자꾸나."

"선생님 혹시……."

"고맙다는 말을 꼭 하고 싶구나. 사라져가던 나를 잊지 않고 알아봐 줘서 말이다. 놀라게 해서 미안도 하고."

나는 할 말을 잊은 채 멍하니 섰다. 뭐라 더 묻고 싶었지만 선생님은 눈을 찡긋하고는 뒤돌아섰다. 고개를 세우고 뻣뻣하게 걷는 폼 역시 낯이 익다.

'설마 송장인 샘이?'

그때, 누군가 뒤에서 내 어깨를 친다.

"앗!"

정민이였다. 애써 마음을 가라앉힌다. 정민이가 진지한 얼굴로 내 앞에 한 발 더 다가선다. 가슴이 쿵쾅쿵쾅 뛴다.

"아리 너에게 할 말 있어."

"무슨 말?"

"이따가 끝나고 체육관 앞에서 보자."

정민이의 목소리가 떨린다. 그럴수록 외려 내 맘이 편안해진다. 용기를 내 정민아, 나도 낼게. 정민이의 얼굴을 똑바로 올려다본다.

"야, 이정민."

"응, 어?"

"지금 여기서 말해. 나 들을 준비되었으니까."

정민이 얼굴이 빨개진다. 이렇게 목부터 이마까지 벌겋게 달아오른 얼굴은 처음 본다. 내 얼굴도 화끈거린다.

정민이가 두 손을 꽉 쥔다. 다시 침을 한 번 삼킨다.

"실은 나, 오랫동안 너를 좋아, 아니."

"아니, 뭐? 싫어했다고?"

이런 상황에 채아리, 또 머슴애 같이 나가신다. 이젠 숙녀란 말이야 아리야. 허벅지라도 꼬집어서 나를 정신 차리게 하고 싶었다.

정민이가 내 눈을 들여다본다.

"어릴 때는 너를 좋아했지만."

"지금은?"

"사랑한다."

헉! 사랑이라니, 어느 정도 예상은 했지만 정민이가 이렇게 말할 줄은 정말 몰랐다. 온몸이 뜨거워서 문득 바깥으로 내빼고 싶었다. 하지만 아니다. 이제 나도 더는 피하지 않을 거다.

"늦은 거 아니니, 뉴욕 간다며……."

"그래서 말하는 거야."

"그래서라니?"

"기다려 달라고. 내가 지금까지 옆에서 너를 기다린 것처럼. 그리고 앞으로도 그럴 테니까."

어느새 내 목소리가 점점 작아진다. 아니 몸이 작아지는 것 같았다. 설마 다시 재리가 되는 건 아니겠지. 그건 아니겠지만, 그럼 진짜 여자가 되려나?

"그래."

작디작은 소리로 내가 할 수 있는 말은 그게 전부였다. 뭐라고 더 말하기 전에 정민이가 나를 끌어안아 버렸기 때문이다.

잠자코 있던 아이들이 어디서 몰려들었는지 환호 소리가 복도에 가득히 울려 퍼진다.

아아, 전교생이 보고 있었다니. 박수 치는 아이들 속에 진이와 상희도 보인다. 괜히 미안하고 또 고마워서 눈물이 핑 돈다.

D여고는 아직도 명문으로 이름을 날린다. 중학교 때만 해도 할머니는 졸업 앨범을 내게 종종 보여주었다.

사진 속 할머니는 상희보다 예뻤다. 흑백 사진에 담긴 할머니는 여러 가지 표정을 짓고 있었다.

전에는 할머니 기수 동창회를 열려고 대학 강당이나 회관을 빌리기도 했다는데 이제는 나오는 사람이 점점 줄어들면서 규모가 작아졌단다.

할머니 친구의 전화를 받고 세 여자가 나간 곳은 대학로에 있는 조그만 한정식집이었다. '메밀꽃 필 무렵'이라고 쓰인 간판을 보니 현기증부터 일었다.

이효석의 단편소설 제목을 그대로 옮겨 쓰다니. 국어 시간이 떠올랐다. 지금은 꽃미남 총각 선생님이 온다고 해서 기대되는 시간으로 바뀌었다. 그래서 내 관심사도 점차 국어 과목으로 옮겨가고 있지만, 그렇다고 맛난 밥을 먹으면서까지 꼭 소설을 떠올릴 필요는 없지 않은가?

"학교 다닐 때 네 할머니가 문학소녀였던 거 아니?"

갈색 안경을 낀 할머니가 호들갑을 떨며 말했다. 자기는 부회장이었다고, 요새 눈주름이 너무 많아져서 색안경을 골라봤다고, 그렇다고 세상을 색안경을 끼고 보지는 않는다며 혼자 떠들어댄다.

"호호호"

부회장 할머니는 말을 끝낼 때마다 입을 가리고 아이처럼 웃었다. 이건 우리 할머니의 습관이라고 했다. 시 낭송할 때면 할머니는 리듬을 맞추려고 한 구절이 끝날 때마다 손으로 입을 가리곤 했단다. 그 모습이 아주 예뻐 보여서 따라 하게 되었다나? 할머니가 무슨 행동을 할 때마다 따라 하는 여자애들이 줄을 서곤 했단다.

"정말이요?"

나는 할머니를 돌아보며 물었다. 할머니는 우리의 대화를 듣는지 마는지 해끔 웃기만 했다.

모인 사람은 전부 아홉이었다. 부회장 할머니는 해가 지날 때마다 사람이 줄어든다며 아쉬워했다. 할머니 나이도 팔순을 바라보고 있으니 그럴 만도 했다. 할머니처럼 말이 없거나 딴짓을 하는 할머니도 셋이나 되었다. 그들의 딸과 아들들도 어색하게 웃었다.

다시 할머니가 웃는다. 할머니는 부회장 할머니의 옛이야기를 들으며 조심스레 기억의 보석 상자를 여는 중이다. 그 틈으로 얼핏 할머니의 앳된 얼굴이 보인다. 엄마의 웃는 얼굴에서도 여고생이 보인다.

할머니들은 아직도 여고 시절에 겪은 일들이 꿈에 나타난다고 했다. 다시 한 번만 그 시절로 돌아갈 수 있다면 소원이 없을 거라고도 했다.

"아, 저는 빨리 벗어나고 싶은데요!"

내가 한숨을 내쉬며 투덜거리자 여기저기서 웃음이 빵 터진다. 할머니도 따라 웃는다.

헤어질 때가 되자 할머니들은 서로의 손과 얼굴을 보듬으며 아쉬워한다.

"이게 또 마지막 인사가 될지도 모르거든."

부회장 아줌마가 씁쓸하게 웃으며 할머니를 부축한다. 그러더니 또 엄마와 나를 젖혀둔 채 이런저런 수다를 떤다. 할머니가 듣는지 마는지 아랑곳하지 않고 한참이나 할머니와 함께 걷는다. 엄마와 난 두 할머니 뒤에서 속도를 맞춘다.

마침내 부회장 할머니가 택시를 잡는다. 그래놓고도 뭐가 아쉬운지 할머니를 거듭 끌어안는다. 우리에게도 '고맙다'며 인사를 한다. 나도 꾸벅 허리를 숙인다. 아까부터 묻고 싶은 게 있어 하나 더 물어본다.

"그런데요, 부회장 할머니. 회장은 누구였나요?"

부회장 할머니가 색안경을 밀어 올리며 화통하게 웃어젖힌다. 그리곤 할머니에게 눈짓한다.

"아직도 몰랐던 거야? 문학소녀에 인기 스타였고 공부는 못했지만 전교 회장이었던 전설적인 소녀를 말이야!"

부회장 할머니가 타고 간 주홍 택시를 향해 엄마와 나는 손을 흔들었다.

옆에서 할머니는 하염없이 눈물을 훔치고 있었다. 어디선가 풀벌레 소리가 들려왔다. 그 소리는 오래도록 거리에 남겨진 여자들의 몸을 두드렸다.

아빠의 무덤 앞에 선 사람은 나 혼자만이 아니었다. 그렇다고 할머니나 엄마를 데려온 것도 아니다. 그건 정말 우연이었다.

인터넷 검색창에 '옥민호'라는 세 글자를 쳐보았다. 이제 막 알려지기 시작한 여행 작가라니까 엄마 딸인 내가 봐두어야 하지 않겠는가?

하지만 웹페이지를 아무리 뒤져봐도 옥민호라는 이름으로 올라온 글은 없었다. 블로그를 뒤져보니 게시글이 하나 스크랩되어 있을 뿐이었다. 성터 길을 소재로 한 사진과 에세이였다.

길게 늘어선 성터의 지붕을 심도 있게 표현한 사진이 마음에 들었다. 아웃 포커스로 처리된 배경으로 뿌연 십자가가 보였다. 나는 스크롤을 내리며 호저씨가 쓴 글을 찬찬히 읽어보았다.

어릴 때는 저 성터 너머의 세상이 부럽지 않았다.

무엇이 있는지 궁금하지도 않았고

이쪽의 세상에 부족함을 느끼지도 않았다. 마냥 그 경계가 좋았다.

저 아슬아슬한 유년의 지붕 위에서 아이들은 웃음으로 충만했다.

때때로 빨랫비누 방울처럼 부풀어 올라 산동네의 집들
위로
떠다니다 터져 없어져도 좋을 것 같았다.
저 간단간단한 경계에서 아이들은 서로 뛺박질을 하기
도 했다.
누군가는 저 위에서 친구들과 사진을 찍다 발을 헛디뎌
평생
엎드려 살아야 했고, 또 누군가는 저 너머로 떨어져 죽기
도 했지만
성터 위에 있는 동안만큼은 그런 것을 생각할 겨를이
없었다.
경계에 선다는 건 그런 게 아닐까.
마흔을 훌쩍 너머 찾은 성터 앞에서 그러나 나는 벽에
다가서지도, 올라서지도 못했다.
굳이 기어 올라가지 않아도 세상을 볼 수 있잖아.
저 조그만 동네서 뭘 어쩌겠다고.
주저하며 중얼거렸다.
경계에 올라서지 않아도 될 명분을 찾고 있던 것일까.
수십 번 셔터를 눌러도 산동네가 사진기에 담기지 않았
다.
몇 번이고 돌 틈에 사진기를 고정하고 조리개를 열어도

세상은 흔들렸다.

나도 따라 흔들렸다.

왜 저 위에 올라서지 못하는 것일까. 왜 너는 흔들리는 것인가.

햇살은 그런 나를 기다려주지 않고, 산등성이 너머로 뛰어내렸다.

그래, 올라서자. 올라서서 힘껏 달려보자.

설사 떨어져 내린다 해도, 뛰어내리는 순간

어느 여행자의 말마따나 너의 등 뒤에 날개가 있음을 알게 될 것이니.

지금 이 순간, 경계에 서서 온몸으로, 온맘으로, 달려보자.

그래, 그렇게 돈키호테처럼 거대한 풍차를 향해 날자.

호저씨도 사대문의 성터 어딘가에서 어린 시절을 보냈나 보다. 그래서 엄마랑 더 통했던 것일까. 그렇다면 아빠에게 인사부터 시키고 싶었다. 아빠가 허락하지 않으면 나라도 어쩔 수 없으니까.

"아빠, 이 사람이 호저씨야. 이렇게 직접 데리고 오긴 처음이네. 지금쯤 어디를 날아다니고 있는 거야? 여기 이 아저씨도 여행하는 걸 좋아한대. 그걸 글로 써서 책으로도 낸다나 봐.

아빠라면 잘 알 것 같아서.”

호저씨는 고개를 숙인 채 눈을 감는다.

“난 잘 지내고 있어. 다음 주에 대회를 앞두고 맹연습 중이야. 할머니랑 엄마도 잘 있고. 엄마는…….”

엄마의 얘기를 꺼내니 괜히 목이 멘다. 슬쩍 호저씨를 본다. 호저씨는 여전히 눈을 감고 있다.

“엄마도 잘 있어. 두드러기 때문에 좀 고생이긴 한데, 요샌 많이 좋아졌어. 마음고생이 심해서 생긴 거라는데 가라앉고 있어서 다행이야. 호저씨가 옆에서 힘이 되나 봐. 할머니도 많이 챙겨주고.”

봄바람이 새살댄다. 이대로 나도 아빠를 따라 날아오를 것만 같다.

“그러니까 아빠도 늘 옆에서 우리, 지켜봐 줄 거지? 담 주에 금메달 따서 꼭 가져올게. 아빠한테 걸어줄 테니 좀만 기다려, 알았지?”

아빠 무덤의 잔디가 바람에 쓸려 하늘거린다. 꼭 날갯짓하는 것 같다. 동그란 봉분이 열매 집을 연상케 했다. 문득 달걀 아저씨가 떠올라 하늘을 올려다본다.

나와 호저씨는 아빠 앞에서 오래도록 고개를 숙인 채 묵념을 했다.

이제는 정말 아빠를 보내야 할 것 같았다.

전국 통일기 태권도 대회가 열렸다. 결승전 진출을 앞두고 대기실에서 쉬고 있는데 정민이가 들어선다. 작별 인사를 하러 온 모양이다.

"왠지 정민이 네가 찾아올 것 같았어."

나도 모르게 얼굴이 발개진다. 목소리까지 기어들어갈 줄은 몰랐다. 언제부터 채아리가 이렇게 바뀌었나. 괜히 헛기침을 내뱉는다.

정민이는 내 눈을 한참이나 들여다본다. 알 수 없는 의미가 잔뜩 담긴 얼굴이다.

"왜 이래 느끼하게……."

나는 고개를 돌려 작은 화분에서 막 싹이 트기 시작한 노랑별꽃을 가방에서 꺼낸다.

"이거, 그때 네가 준 씨앗인데 가지고 가. 이게 크면 금메달처럼 눈부실 것 같아."

정민이는 노랑별꽃을 받고 한동안 말을 잊지 못한다. 정민이의 눈이 글썽인다. 남자가 눈물이라니. 나랑 성격을 좀 바꿀 필요가 많은 녀석이다.

"아리야, 우리 다음 올림픽에서 꼭 보기야."

"뉴욕에서 태권도 할 수 있겠어?"

정민이가 두 주먹을 불끈 쥐어 보이며 자신에 찬 목소리로 말한다.

"지금 뉴욕엔 한창 한국 태권도가 붐이래. 아버지도 미국과의 문화교류에 태권도를 적극적으로 활용하실 생각이고. 꼭 이걸 알리고 싶어."

"언제 돌아오는데?"

이 와중에도 마음을 들키지 않으려고 표정관리를 하는 날 본다. 아 왜 마지막 순간까지 답답한 걸까.

"그건……."

이제 말해야겠다. 더는 못 참겠다.

"꼭 돌아와. 뉴욕에 태권도가 자리 잡으면 다시 돌아와. 대학선수권에도 나가고 국가 대표도 되고, 올림픽에도 나가야지."

"그렇긴 하지만."

"나는 꼭 그렇게 할 테니까, 너도 꼭 그렇게 해. 너랑 내가 남녀 태권도 금메달을 따면, 태권도를 알릴 기회가 더 많아질 테니까."

"너랑 내가?"

정민이의 얼굴도 발갛게 달아오른다. 그런 정민이를 이번엔 내가 덥석 끌어안는다. 정민이가 날 안은 두 팔에 힘을 준다.

방 감독님이 대회 준비를 알리는 사인만 주지 않았어도 더 오래 안고 있었을 텐데. 잠깐 방 감독님에게 눈을 흘겼지만 이내 정민이 가슴에 고개를 파묻는다.

드디어 결승전 호루라기가 울린다. 쑥과 썬을 합쳐놓은 것보다 더 거대한 상대 선수가 왼발, 오른발을 번갈아가며 긴 다리를 쉴 새 없이 후린다.

나는 두 팔로 발등과 발바닥을 막아내며 틈을 노린다.

왼팔에서 다시 불길이 이는 것 같다. 하지만 더는 뒤로 물러서지 않을 거다. 아프면 아플수록 상대의 눈을 똑바로 마주 보리라. 발차기가 날아드는 것을 피하지 않고 다친 팔을 뻗어 막을 것이다.

상대의 공격이 몇 차례 더 휘몰아친다. 하지만 좀처럼 빈틈을 찾지 못했는지 고개를 갸웃거린다.

이번엔 내 차례다.

들숨으로 세상을 끌어안고 날숨으로 세상을 놀라게 할 차례, 바로 지금이다. 그 자리에서 도움닫기를 한 뒤 상대의 발이 닿는 곳보다 높이 뛰어오른다.

"아리야, 힘내!"

진이와 정민이 그리고 상희가 관중석에서 소리치는 모습이 눈에 들어온다. 화장한 할머니, 엄마와 호저씨도.

작가의 말

어떤 기억은 차라리 없었으면 싶을 때가 있습니다. 다시 그 때로 돌아가서 되돌릴 수 없다면, 이렇게 계속 상처를 주는 기억 따위는 지우고 싶을 때가 있습니다.

사랑하는 사람을 떠나보냈을 때나, 친구의 말과 행동에 실망했을 때도, 사람들이 나를 믿어주지 않을 때도, 멀리멀리 떠나고 싶고 잊어버리고 싶습니다.

저 역시 지금도 그럴 때가 종종 있습니다. 밤에 불을 끄고 이불을 뒤집어쓰곤 이런 생각을 해봅니다. '내일 아침에 눈을 떴을 때 이 아픈 기억이 몽땅 사라졌으면'하는 생각 말입니다.

이 책 속에 나오는 보라 고양이 재리는 여고생 아리에게 '기억은 항체이자 신체'라고 말해줍니다. 아리가 어리둥절해 하니

다시 이런 비유를 들어주지요.

"수두를 앓았다고 생각해봐. 당장은 온몸에 붉은 반점이 생겨서 몸도 마음도 아프지만, 한 번 앓고 난 뒤에는 그 증상을 몸이 기억해서 다시는 그런 일이 안 생기게 방어하지. 하지만 수두를 앓았던 경험을 없던 일로 하고 몸의 기억을 지운다고 쳐봐. 담엔 어떻게 되겠어?"

아리는 반사적으로 이렇게 대답합니다.

"또 수두를 앓겠지. 빨갛게."

같은 수두지만, 아마 전보다 더 아플지 모르겠습니다. 이번엔 전에 없던 후유증이 생길지도 모르겠습니다. 그래서 아픈 기억을 치유하는 가장 좋은 방법은, 그냥 온몸으로 앓는 것입니다.

힘들면 힘든 대로, 따가우면 따가운 대로, 슬프면 슬픈 대로, 그 상황 속에서 눈물을 펑펑 쏟으며 아파하는 것입니다. 그리고 다 울고 나면 엉덩이 툭툭 털고 일어서는 것입니다.

만약 그 아픔이 사랑하는 사람과의 이별, 또는 사별에서 비롯되었다면 눈이 퉁퉁 불도록 울고 나서 한 가지 더 해주면 좋을 거 같아요. 그건 바로 그 사람을 기억하는 일입니다. 더도 덜도 말고, 있는 그대로 기억하고 추억하는 일입니다.

그리고, 나 자신을 용서하는 것입니다.